›Bootschaft‹

Erschütternde Tagebücher

Aus der Reihe: ›Eddy‹ und ›Mo‹ - (Band VI)

Sabine Grassy

Sabine Grassy

‹Bootschaft›

Erschütternde Tagebücher

Aus der Reihe: ›Eddy‹ und ›Mo‹ -
(Band VI)

Roman

Impressum

Bibliografische Information der Deutschen Nationalbibliothek:
Die Deutsche Nationalbibliothek verzeichnet diese Publikation in der Deutschen Nationalbibliografie; detaillierte bibliografische Daten sind im Internet über http://dnb.dnb.de abrufbar.
© 2022 Sabine Grassy
Herstellung und Verlag: BoD – Books on Demand, Norderstedt

ISBN: 9783755700371

Die Autorin

Hier schreibt Sabine Grassy, Jahrgang 1970, jahrzehntelange Mitarbeiterin in einer psychiatrischen Klinik, Buchautorin und Webdesignerin.

Ihre Zielgruppe sind Leser, die an dem Leben mit Hunden und an Schicksalsbewältigung interessiert sind.

Fantasievolle Geschichten, in denen ein Shih Tzu mit seinem West Highland White Terrier-Buddy zu ungewöhnlichen Mitteln greift, ›gefallenen‹ Menschen eine Pfote zu reichen, bis ein Licht erkennbar ist.

INHALTSVERZEICHNIS

Angst vor dem Leben

Herausgefordert durch Eddy und Mo, zwei Hunde, die mir verdammt viel bedeuten, erzähle ich die Geschichte eines Mannes, für den das Leben keine Herausforderung, sondern ein Riesenproblem darstellt.

Als Seefahrer Kuddel kennen mich meine Freunde, wobei das Thema ›Freunde‹ eines bleiben wird, mit dem ich bis zu meinem letzten Tag ein ernstes Problem haben werde.

Freundschaften, Beziehungen, Schule und Beruf.

Habe ich je funktioniert wie andere?

Schwer fällt es mir, dem kleinen neugierigen Mo - der Shih Tzu mit dem größten Wissensdurst - aus meinem Leben zu berichten.

Wie beschreibt man Gefühle?

Ich zeige sie nicht.

Keinem.

Wenn ich mich nicht für dumm halte, muss ich mich fragen, warum es mir schwerfällt.

Ich könnte Nähe schaffen, mich als der sympathische Kerl darstellen, der in mir wohnt.

Auf einem Schiff fiel es mir leichter und ich spüre, wie ich die Weite vermisse und das beruhigende Schaukeln.

Mo äußerte den Wunsch, mit mir - in Begleitung seiner Familie - zur See zu fahren.

Vorstellen kann ich mir das, wenn ich die Chemotherapie beende und mein Leben - zeitlich ungebunden - erneut planbar wird.

Sind das die Träume, für die man lebt?

Mein größter ist, meine Leidenschaft mit Eddy und Mo zu teilen.

Auf dem durchdachten Trip wäre alles anders.

Als eingefleischter Junggeselle gab es keine Frau, die auf mich gewartet und auf die ich mich gefreut habe.

Seit meinem Auszug aus dem Seniorenheim lebe ich unverhofft mit Jennifer zusammen und bin glücklich.

Ich gehe mit Tobi, ihrem Bruder, angeln und lache mit Marianne über die ›Mission‹ der zwei außergewöhnlichsten Hunde in der Residenz.

›Omama‹ begeistert die Idee, meinen Weg zu veröffentlichen.

Dieser war nicht leicht und wurde von Unfällen und Schicksalen durchkreuzt.

Mo muss mir dringend verraten, wie wir dieses Buch gestalten, da ich mich in der Rolle des Icherzählers nicht wohlfühle.

Ich.

Ich.

Ich.

Nicht anderes hört man von der einen Sorte Mensch.

Zählen möchte ich mich zu den ›Du-Typen‹.

Wichtig nehme ich mich nicht, einzig das, was mein Herz mir sagt.

Unterdessen habe ich die Storys über Eddy und Mo nachgelesen, wenn ich mich müde und erschöpft von meinen Behandlungen ins Bett zurückziehen musste, weil die Kraft der Beine nachließ.

Mutig, was sie bewegt haben.

Selbstloses Helfen, dass es das noch gibt.

Aufgefallen ist mir der Erzählduktus.

Mo ist der Redner.

In welcher Weise er mir helfen wird, ist mir noch unklar.

Meine Geschichte kann niemand verbreiten.

Hier kehrt es zurück, dieses verdammte ICH.

Morgen suche ich das Gespräch mit ihm und seinem Freund.

Ich muss mich entscheiden.

Lasse ich die Idee zum Buch sterben? Schleierhaft ist mir, wie es gelingen soll, es in einer Form zu gestalten, die mich herausnimmt.

Helfen meine Tagebuchaufzeichnungen?

Zu theoretisch erscheint mir die gedankliche Auseinandersetzung und ich lande hundertmal bei dem Wunsch einer letzten Seereise, um

Jennifer Teile meiner Vergangenheit zu zeigen, was eine gute Vorbereitung voraussetzt.

Steche ich letztmalig in See?

Auf besondere Weise berührt mich dieser Gedanke.

Chemotherapie

Alles wird mir abverlangt.

Tage, an denen ich glaube, das schönste Leben zu führen, wechseln sich ab mit welchen, an denen ich innerlich zerbreche.

Gesundheitlich geht es mir schlecht, obwohl ich glücklicher bin als je zuvor an der Seite einer Frau, die mir ein Gefühl von ›alles ist gut‹ vermittelt.

Wer hat sich das ausgedacht, dass Körper und Psyche zusammengehören?

Müsste meine Seele nicht meine Hülle reparieren, bei allem Guten, was mir widerfährt?

Diese ständige Übelkeit macht mir zu schaffen.

Generell habe ich Angst einzuschlafen, weil ich mein Leben festhalten will und befürchte es nicht mehr in der Hand zu haben, die Augen zu öffnen. Es quält, weil ich anhaltend müde bin.

Die Prognosen sprechen für eine gute Heilungschance, woran ich mich klammere.

Lausig, was ich bis zur jetzigen Stunde von ›dieser Art Leben‹ erfahren habe.

Ich bin neugierig auf das, was den Unterschied ausmacht zu dem, was ich jahrzehntelang als einzige Option betrachtete.

Bin ich im Krankenhaus, denke ich an Mama.

Sie hat mit der gleichen Erkrankung so viel durchmachen müssen. Das Leben war nicht gnädig und sie hat mich viel mehr gebraucht, als ich ihr gegeben habe.

Womit habe ich verdient, dass die Familien von Jennifer und Eddy und Mo hinter mir stehen, mich unterstützen und für mich da sind, während ich das gleiche nicht für den wichtigsten Menschen in meinem Leben vollbracht habe?

Wie verzeiht man sich, dass man versagt hat?

Ich erinnere Mamas Worte bis heute, dass sie kämpfen werde, seien die Prognosen noch so vernichtend.

Sie hatte dieses Positive, was vielen abhandenkommt. Kraft zog sie aus ihrem Glauben und der abendlichen Abgabe von Sorgen durch Gebete.

Ich habe mitansehen müssen, wie durch eine Krankheit das Leben aus einem Menschen weicht.

Mehr und mehr - Stück um Stück - ging sie mir verloren.

Am Ende war es eine Erlösung, als sie einschlief, viel friedlicher, als sie anlässlich der ›Chemo-Hölle‹ befürchtete.

In mir starb der Teil, der die wenigsten Monate des Jahres an Land lebte.

Als das geschah, klammerte ich mich an den Rest von mir, zu dem ich noch Zugang hatte, bis meine Psyche es nicht mehr schaffte, diese Fassade von Autarkie aufrechtzuerhalten.

Depressionen zwangen mich in die Knie und zum ›Sprung aus dem Wasser‹, bildlich gesprochen; die Kraft zum erfolgreichen Bewegen wurde mir genommen.

Statt einer Besserung verschlechterte sich mein Zustand.

Grauenvoll düstere Szenarien mit Hinzutreten von Panikzuständen.

Den Abschied von dem wichtigsten Menschen in meinem Leben habe ich bis heute nicht vollzogen.

Verdrängen macht krank, diese Erkenntnis ist ein Grund, warum ich auf dem gleichen Pfad wie Mama wandere.

Sehe ich mir im sterilen Behandlungszimmer die Wände an, zähle ich diese kleinen Pickel, die eine Raufasertapete aufweist und frage mich, ob meine Mama das wie ich gemacht hat.

Hatte sie die gleichen Wahrnehmungen?

Was hat sie in bestimmten Momenten gedacht, wie ihre Schmerzen erlebt und weggesteckt?

Auf mich wirkte sie stark und unverwundbar.

Viel zu früh musste sie gehen und dass ich sie verloren habe, ist das Einzige, dass mich regelmäßig zum Weinen bringt.

Würde mir Jennifer verzeihen, dass es keine Frau wie meine Mama gibt?

In meinen Kindheitserinnerungen sehe ich sie unglücklich und an verschiedenen Lebensumständen zerbrechend.

Nach Ihren regelmäßigen Kirchengängen strich sie mir meine blonden Locken aus dem Gesicht und ließ mich wissen und spüren, dass ich ihr größter Schatz war.

Was hat mich abgehalten, bei ihr zu bleiben, statt mein Lebensdefizit durch eine Flucht zu kompensieren?

Hat sie gewusst und gefühlt, dass sie meine größte Stütze gewesen ist, unabhängig, wo auf der Welt ich mich aufgehalten habe?

Warum tun sich Menschen so schwer, Gefühle zu äußern?

Für ein ›hätte ich bloß‹ ist es zu spät.

Begehe ich weiter die gleichen Fehler, werde ich mein Leben nicht finden. Ich weiß nichts über den Weg, den ein jeder finden muss und mir macht Angst, wie unbeholfen ich bin, sobald Dinge nicht mehr planbar sind.

Ich werde mich öffnen müssen für diese komplette Lebensveränderung, die ich in Angriff genommen habe, ohne mir das zuzutrauen.

Wie ein Brennen auf der Brust spüre ich eine Bedrohung zu scheitern.

Bewusst wird mir, dass ich meine Haut ablegen muss, um andere an mich heranzulassen.

Sie kommt mir vor wie ein Lederpanzer, der mit einem unbekannten Balsam behandelt werden muss, den man fühlen, indes nicht berühren kann.

Diese Aufgabe wird nicht leicht werden.

Schaue ich auf die, die mein Leben derzeit bestimmen, habe ich heute einen besseren und stabilen Background.

Wenn nicht jetzt, verpasse ich die Chance, geboren zu werden.

Meine ›Chemiekeulen‹ sind nächste Woche abgeschlossen und ich vertraue auf den Erfolg, den mir meine Ärztin prophezeit hat.

Bis zum Aufatmen setze ich mich still und heimlich mit mir auseinander, um Eddy und Mo demnächst die perfekte Vorlage zu bieten, an meiner Seite zu kleinen ›Seehunden‹ zu werden.

Aufeinandertreffen

Diese Wiedersehensfreude ist unbeschreiblich.

Irreal kommt es mir vor, Eddy und Mo in meinem neuen Zuhause zu empfangen, war ich vor Kurzem - wie sie - Mitglied einer Altenheimstudie.

Was einem passiert, das muss Leben sein.

Viel verändert hat sich in meinem Leben und nicht durch meine Krebsbehandlung.

War eine Partnerschaft früher undenkbar, blühe ich auf.

Sorgen und Probleme zu teilen, auf der anderen Seite schöne Momente, ist eine neue Erfahrung und ich frage mich, wie ich so lange habe verzichten können auf einen zweiten, der mich liebt, weil ich bin, wie ich bin.

»Wir haben Dich vermisst«.

Mo schaut mich zuckersüß an und ich ahne, wie schwer es sein wird, ihm zu eröffnen, dass ICH aus tiefstem Herzen meine Geschichte erzählen muss und will.

Da steht er, der kleine, außergewöhnliche Shih Tzu, der alle Erlebnisse der Außenwelt berichtet.

Ihm das streitig machen?

Ich laufe Gefahr, dass er sich ausklinkt.

Ohne die zwei will und werde ich meine Seele nicht auspacken.

»Ich Euch mehr. Können wir reden?«.

Entgegen meiner Befürchtung fühlt sich mein Lieblings-Shih Tzu weder degradiert noch übergangen.

Dessen ungeachtet rückt er von der Rolle des Icherzählers nicht ab.

»Du irritierst die Leser, wenn Du von meiner Geschichte berichtest, als wärst Du zur See gefahren. Bei jedem Gefühl, das zu beschreiben ist, musst Du mich aufwendig interviewen. Ihr hattet eine Alternativ->Mission< ins Auge gefasst. Macht lieber die«.

Von vier Hundeaugen angesehen zu werden, als sei ich ein Tierquäler, beunruhigt mich.

Bis Eddy das Schweigen bricht.

»Hört zu, Ihr zwei Egozentriker. Geht es nicht einzig um Wahrheiten, traurige und freudige Momente, Hintergründe und Wegwechsel? Ich erinnere mich an Deine Tagebücher, Kuddel«.

»Die bekommt niemand zu lesen, Ihr nicht und kein weiterer«.

»Überzeugt Dich, dass die Niederschrift Deines bisherigen Lebens eine gute Idee ist, wenn Du den Menschen zensierte Erlebnisse mitteilst? Authentisch wäre es nicht. Was für Geheimnisse hütest Du in Deinen ›Schreibsel-Unterlagen‹?«.

Lange gucke ich Eddy nicht an, Blickkontakt fiel mir zeitlebens schwer.

Bis er auf mich zukommt und mir eine Pfote auf den Unterarm legt.

»Kuddel? Du brauchst dringend Hilfe. Auf uns wirkst Du versteinert, wenn es um Emotionen geht. Händige uns Deine Aufzeichnungen aus. Kannst Du nicht vertrauen? Wir würden nichts gegen Dich verwenden. Mo könnte - wie er es gewohnt ist - der Redner sein, während Du Sichtweisen im Hier und Jetzt einbringst, bestätigst, überdenkst und korrigierst«.

»Mir wird mulmig bei Deinem Vorschlag. Zu gravierend ändere ich mich, wenn ich von mir weggehe«.

»Die größte Veränderung, hat sie Dir viel abverlangt?«.

»Wovon sprichst Du?«.

»Erstmals lebst Du in einer Beziehung. DU, Kuddel, der jegliche Nähe vermied. Du lebst an Land und sage nicht, dass es Deiner Erkrankung geschuldet ist. Willst Du nach Genesung in das alte Leben zurück? Ohne Jennifer?«.

Langsam kommen Eddys Gedanken bei mir an.

Wie schafft er es, die Menschen zu durchschauen, als seien sie aus Glas?

Abgesehen, dass die erste Verliebtheit dem Alltag Platz machen wird, kann ich mir ein Leben ohne diese Frau, die grenzenloses

Verständnis für meine Lebensdefizite aufbringt, nicht vorstellen.

Freunde hatten in meinem Leben keinen Platz.

Es ist eine neue Erfahrung, auf ›Omama‹, Tobi, Eddy und Mo nicht verzichten zu wollen, vielmehr mich unterzuordnen, mich zu arrangieren und ein Nein in zwischenmenschlichen Belangen auszubalancieren.

Meine versteckten Tagebücher wären geeignet für einen außergewöhnlichen Therapieprozess, ohne sich auf eine Couch zu legen und sich angestrengt ›auf Kommando‹ an Vergangenes zu erinnern.

»Mo? Es wäre mir eine Ehre, wenn Du meine Geschichte erzählst. Eine Bedingung zu stellen, verkneife ich mir nicht«.

Der Kleine springt auf, wedelt mit seiner Rute und teilt mit, dass er alle Einschränkungen akzeptiert.

Ich, der ›verkrachte Kuddel‹, schließe ein Bündnis, auf das ich mich vorbereite und das mich fordern und desgleichen begeistern wird.

Vorne weg dominiert die Freude, dass ich die nächsten Monate nicht um die Gesellschaft meiner herzallerliebsten ›Pfoten-Tiger‹ bangen muss.

Kindskopf

1 ch bin es Mo, und ich bin zurück.

Aus dem Beginn der Tagebuch-Aufzeichnungen werde ich nicht schlau.

Fehlt nicht was, dass unter Umständen entscheidend ist, wenn es mit den ersten Tagen auf dem Wasser startet?

Viele Kinder haben sofort eine Antwort parat auf die Frage, was sie später beruflich machen wollen, anstandslos zu verzeihen, wenn sich das im Laufe der Jahre ändert.

Ob Kuddel während des Schulbesuches sein Leben auf See früher als gedacht plante?

Was hat ihn veranlasst zu gehen und seine Familie zurückzulassen?

Wenn es eine Mama gab, kann der Vater nicht weit sein. Hat er Geschwister?

»Wir wissen nichts über Kuddel«, wende ich mich nachdenklich an meinen Freund.

»Seefahrer und Punkt«.

»Lese Dich rein in seine Erinnerungsbücher, Mo. Anschließend kennst Du sein Leben«.

»Das glaubst Du nicht im Ernst? Momentaufnahmen seiner Gefühle als Anamnese? Unterhaltsam waren die ersten Seiten. Sagen sie was Essenzielles über ihn als Mensch aus? Wer war er vorher?«.

Eddy meint, er sei kein anderer gewesen.

Wenn doch?

Mir wird bewusst, dass die Einleitung von ihm kommen muss, was voraussetzt, dass er vergisst, wie ungern er darüber spricht.

Sensibel bin ich im Umgang mit verletzten Seelen.

Beherbergt er eine derartige?

Es ist denkbar, dass er sich mit großem Selbstvertrauen für ein einsameres Leben entschieden hat und nicht angeben mag mit seiner Überlegenheit, die wir einordneten, als wolle er was vergessen.

Ich liebe Menschen, die Schatten auf ihrem Herzen tragen, weil sie auf mich echter wirken.

Die tiefgründigsten Gespräche kommen auf diese Art zustande und sie weckten bei mir in der Vergangenheit das Gefühl von Verbundenheit.

»Eddy? Ich muss wissen, wie Kuddel als Kind war. Ist er lieblos aufgewachsen? Haben sie ihn behütet? Wo steckt sein Vater? War er Seefahrer und hat seinem Sohn diese Gene vererbt? So ein ›Familiending‹«.

»Fragen hilft ›K(n)uddelding‹. Ich habe seit Längerem Sehnsucht nach ›Omama‹. Komm«.

Schneller springe ich selten auf; jetzt kann ich nicht abwarten, in Kuddels Leben zu stochern, vorsichtig und neugierig.

Sensationsgeil bin ich nicht, dementgegen interessiert an den Menschen, denen ich in meinem Herzen einen Platz einräume.

Diesen Vertrauensvorschuss hat er erhalten und ich hoffe, dass ich ihn von ihm zurückbekomme und er sich mir anvertraut.

Wir treffen auf ihn bei der Gartenarbeit.

»Hey, Du bist dem Tod von der Schippe gesprungen, denk an Ruhepausen«.

Sieht Eddy hierin eine adäquate Begrüßung?

»Ich buddele aus. Meinst Du, es ist Frauenarbeit, falls ich dem Kampf erliege?«.

Da ist er, dieser Scheiß-Humor, den Eddy und Kuddel teilen.

»Aufgeben ist nicht. Mo benötigt Informationen, ob Du ein Kind warst«, lacht der ›Fell-Comedian‹.

»Nicht das noch. Auf den letzten Metern lerne ich die anstrengende Seite Deines ›Shih‹ kennen. Kontinuierlich fragte ich mich, aus welchem Grund Hildchen gegangen ist. Danke für die Antwort«.

Es reicht.

Ohne Zwischenstation – mit Vollbremsung!

Falls Du unsere letzte ›Mission‹ in einer Seniorenresidenz nicht begleitet hast, fasse ich kurz für Dich zusammen, dass ich ein Riesenproblem mit dem Tod und Abschied habe.

Hildchen war mir in kürzester Zeit megawichtig.

Als sie einschlief, nicht aus Müdigkeit, sondern für alle Zeit, ging ein Stück von mir mit ihr.

Aus heiterem Himmel, ich hatte nicht durchatmen können, kämpfte Kuddel um ihr Zimmer im Heim, das ich vehement verteidigte, und ich riet ihm zu gehen, sollte mein Hildchen entgegen vieler Beteuerungen zurückkehren.

Dass der Abschied von ihr endgültig war, realisierte ich im Laufe der Zeit.

Nicht ICH war der Grund, wie es Kuddel darstellt, dass sie sich wünschte, nicht mehr zu erwachen.

Schäbig von ihm, mich in voller Absicht treffen zu wollen.

Weinend drehe ich mich um und höre seine Stimme.

»Hey warte, Mo. Es tut mir leid. Ich bin ein Kindskopf und merke schlecht, wann ich Grenzen überschreite. Ich weiß, wie wichtig sie Dir war. Weine nicht, sei lieber böse auf mich«.

»Ist gut«, schluchze ich. »Kindskopf ist ein Stichwort. Wie warst Du als Kind?«.

»Klein«.

»Kannst Du ernst sein?«.

»Schwer. Es ist meine Art, nicht zu verzweifeln. Zeitlebens vergötterte ich die Rolle eines Clowns, die ich einnahm. Andere bespaßen und zum Lachen bringen, während ich hinter meiner Maske weine. Über meine Kindheit rede ich nicht, weil ich mich erinnern müsste. Alles ist fest verschlossen, den Zugang habe ich mir in Eigenregie verwehrt«.

Jetzt ist es Kuddel, dessen Augen sich mit Tränen füllen.

Diese Traurigkeit verrät viel mehr als jedes Tagebuch.

Es muss in seinem Leben was Schreckliches passiert sein, das er vergessen möchte und muss.

»Ich bin ein noch besserer Zuhörer als Redner. Den Zeitpunkt bestimmst Du. Eddy und ich müssen dringend los. Ich habe Dich lieb, Kuddel, mein Knuddel«.

Mein Buddy ist überrascht über meine schnelle Verabschiedung und noch mehr über den Grund, den ich genannt habe.

Außer Reichweite will der begriffsstutzige Terrier wissen, seit wann wir unsere Frauchen zu ihren Jobs begleiten müssen und vor allem dürfen.

»Mir fiel spontan nichts Besseres ein. Kuddel musste für sich sein. So was spüre ich«.

Tief in mir regt sich die Überzeugung, dass er von sich aus beginnt zu sprechen, wenn der richtige Zeitpunkt gekommen ist.

Rückzug

Wer hat sich den Ausdruck Rückzug ausgedacht?

Mittlerweile kann ich mit dem Begriff was anfangen, weil Eddy diesen Zustand für sich benötigt, für mich bleibt es ein Zwangs-Phänomen der Menschen und hat in der Welt der Hunde nichts verloren.

Sich einen Freiraum zu schaffen und für sich zu sein – zum Innehalten und regenerieren?

Die erste Silbe steht für Rückführung?

Und Zug?

Ich verbinde hiermit Stress, Zeitdruck und Menschenmassen.

Ein Transport in das eigene Innenleben?

Auf der Webseite eines großen Unternehmens wird diese Leistung nicht angeboten.

Ich wollte es buchen, um mich in die Lage zu versetzen, dass ich mitreden kann.

Zwei Schritte nach vorn und drei zurück, das bewegt mich, obwohl ich ins Stocken gerate und nicht vorankomme.

Ergo ein Zug zurück, bis man sich vom Außen löst?

»Mo? Diesen Gesichtsausdruck kenne ich. Was brennt Dir unterm Dach?«.

Hier brennt nach Buddhas Theorien rein gar nichts.

»Lernt man Rückzug? Wenn nicht, passiert er einem?«.

»Nicht traurig sein. Kuddel wird sich melden. Du musst in Betracht ziehen, dass er ein Freund für uns bleibt, wenn er sich gegen ein ›Ausziehen‹ entscheidet«.

»Er soll bei Jennifer und ›Omama‹ wohnen bleiben«.

»Ich rede nicht von Auszug. Manchen Menschen gelingt es nicht, wenn sie es sich auch wünschen, über das zu sprechen, was sie erlebt haben und was sie geprägt hat. ›Seelisch nackig machen‹, das meine ich mit Ausziehen. Ehe Du nachfragst, nein, es hat nichts mit seiner Kleidung zu tun«.

Er kennt mich gut.

Drängt Eddy das Bedürfnis nach Rückzug, gibt er diesen auf, sobald ihm ein Licht erscheint.

Ansonsten helfe ich nach.

Von Kuddel gibt es seit vier Wochen kein Lebenszeichen.

Über Ecken haben wir erfahren, dass er gesundheitliche Fortschritte macht.

Hinzu kommt, dass er sich nicht vor Jennifer auf ein Schiff geflüchtet hat.

Habe ich einen Fehler gemacht, indem ich mir wünschte, in sein Leben einzutauchen?

Die Geschichten um ihn fesseln mich.

War es dem ungeachtet unklug, dass wir uns nicht den Kriminalfällen widmen, die ohne unser Zutun ungelöst bleiben?

Er riet uns zum Aufdecken von Tötungs- delikten und ich werde das Gefühl nicht los, dass er mir Dinge verheimlicht.

An manchen Abenden liege ich in meinem Körbchen und lese, was Kuddel auf einigen seiner Stationen erlebte.

Spannend und bewegend, auf der einen Seite nicht einzigartig, auf der anderen von besonderer Tiefe.

Ohne zu erfahren, was sich in seiner Kindheit ereignete, passt einiges nicht zusammen.

»Eddy? Es muss ihm was Schreckliches widerfahren sein«.

»An Bord? Höre ich zu, wie er von seinem früheren Leben schwärmt, ist das schwer vorstellbar«.

»Früher meine ich. Als er noch klein war und keinen Gedanken an Zukunft verschwendet hat«.

»Frühkindliches Trauma?«.

»Quatsch, nichts Geträumtes, real Erlebtes«.

»Seelische Erschütterung mit nachhaltiger Prägung«.

»Was willst Du?«.

»Traumata entstehen durch Erlebnisse, die unvorhergesehen auf einen einstürzen und die man zu bewältigen nicht in der Lage ist«.

»Als er noch Kind war?«.

»Vorstellbar wäre es. Es muss einen Grund geben, warum es ihm schwerfällt, sich zu öffnen. Die Seefahrt, war sie ein Ausweg? Wenn ja, aus welcher Situation? Langsam beginne ich neugierig zu werden, Mo«.

Nichts spricht gegen einen Besuch bei ›Omama‹.

Ich bitte unsere ›Mamas‹, dass sie einen Kuchen backen und uns begleiten.

Es kann - rein zufällig und ungeplant - passieren, dass wir bei unserem Spontan-Besuch auf Kuddel treffen.

Meiner größten Angst, er könnte uns gezielt aus dem Weg gehen, räume ich keinen Platz ein.

Eddy teilt die Freude über ein Wiedersehen.

In der letzten Zeit hat er sich mit Tobi angefreundet und die zwei führen ›Männergespräche‹, die mir nicht viel geben.

Gönnen zu können, was für ein schönes Gefühl.

Während mein Kumpel Tobi zu seinem alten Wohnsitz begleitet, um das Mobilheim umzugestalten, kuschele ich auf dem Schoß von ›Omama‹. In mir muss ein Mädchen stecken, ist die Meinung von Eddy, der sich schnell Streicheleien entzieht, mit der Begründung ein Rüde benötige diese Gefühlsduselei nicht.

Dieser Schubladendenker.

Problemlos haben unsere ›Mamas‹ durchschaut, dass Kuddel unsere Anlaufstelle ist, und sie bleiben mit uns vor einem Fischgeschäft stehen.

Tolle Idee.

Mit einer Tüte voller Krabben setzen wir unseren Weg fort und erreichen am Nachmittag nicht einzig ›Omama‹ und Tobi.

Jennifer stürmt auf uns zu.

»Kuddel wird sich freuen. Es wird Zeit, dass Ihr Euch wiederseht«.

»Warum hat er sich nicht gemeldet, Jenny?«, erkundige ich mich traurig bei ihr, um mehr über die Gründe zu erfahren.

»Er ist anders, Mo. Mehrere Male ermutigte ich ihn, dass er einen Schritt auf Euch zumacht. Seine Angst war größer«.

»Vor uns?«.

»Davor, Euren Erwartungen nicht gerecht zu werden. Hat er Euch gesagt, wie beeindruckt er nach dem Lesen Eurer Bücher war? Seitdem steht für ihn fest, dass er nicht diesen Menschen ähnelt, die frei von der Seele vor Euch ihr Leben ausbreiten«.

Eddy übernimmt die Antwort, indem er Jenny um den Gefallen bittet, mit ihrem Freund zu reden.

»Nicht über seine Geschichten. Sag ihm, dass Mo und ich gar nichts erwarten. Uns würden ein paar Anekdoten aus seinem Seefahrerleben reichen. Es gibt was an ihm, das uns reizt«.

»Euch auch?«, lacht Jenny. »Ich schau nach ihm. Er bastelt seit Tagen an seinen Modellschiffen, die einen Platz in der großen Vitrine bekommen. Mariannes Mittagsschlaf kürzen wir ab, was?«.

Sie verschwindet für einen kurzen Moment, in dem wir mit unseren Frauchen das Wohnzimmer bestaunen.

Hatte Jenny nicht zuvor ein Faible für die Schifffahrt, muss sie ihren und unseren Kuddel verdammt lieben.

Ein Steuerrad, umfunktioniert zur Minibar, fällt ins Auge neben zahlreichen Porträts rund um die Nautik.

»Ist das hier die Vitrine? Sie ist komplett leer!«. Eddy ist erstaunt, dass noch kein einziges Schiff dort steht. »Die Stellflächen müssen mit Leben gefüllt werden«.

»Wie Kuddel«.

»Fängst Du wieder an, Mo?«. Mein Freund wird ungehalten.

Unvermittelt will ich zum verbalen Gegenschlag ausholen, als der Grund unseres Hochschaukelns im Türrahmen lehnt.

Gut schaut er aus, viel erholter als vor einigen Wochen.

Sein breites Grinsen provoziert mich ohne jegliches Zutun.

»Das Lachen vergeht Dir«.

»Ach, sag bloß? Zuerst geschieht Dir das«, wird sein Lächeln noch fetter.

»Sagt man Dir nach, anstrengend zu sein, Mo?«.

Jetzt reicht es.

»Das sind Hater, die das behaupten. Zählst Du Dich dazu?«.

»Bis heute glaubte ich, keiner zu sein. Charakterisieren würde ich Dich - konträr zu mir - als eigenwillig, arrogant, unbelehrbar und anstrengend«.

Wütend bin ich und ich lasse mich nicht beschimpfen, weil er mich in seinem Leben nicht mehr erträgt und mich loswerden will.

Unfair, seine angewandte Methodik.

»Tickst Du nicht mehr richtig? Außer Deine Krebserkrankung hast Du nichts an Dir, was mich bewegt«.

»Du enttäuschst mich, kleiner ›Seelenöffner‹. Habe ich zu lange gewartet, um Dir einen gemeinsamen Nachmittag vorzuschlagen? Ich bastele nicht permanent an Modellen. In meinem Hobbyraum liegt eine Matratze, auf der ich tagelang gelegen und Notizen gemacht habe. Je mehr ich über meine Kindheit nachdenke, umso mehr Erinnerungen kehren zurück. Vieles hatte ich verdrängt, ich vermute, über Bord geworfen. Planlos bleibe ich zurück und brauche Dich jetzt am meisten.

Wenn das Interessanteste an mir dieses ›K-Phantom‹ ist, gehe ich jetzt weiter Bauteile zusammensetzen«.

»Warte«, rufe ich Kuddel nach.

Seine Tränen habe ich gesehen.

»Du kennst mich gut. Ich bin eigenwillig, mein eigener Wille wirkt in unserem Leben. Mit dem Ausdruck von Arroganz halte ich mir viele vom Hals. Unnahbar zu wirken birgt Vorteile. Unbelehrbar, anstrengend, verstehst Du das? Das ›und‹ dazwischen musst Du entfernen.

Eine Eigenschaft ist Dir nicht im Gedächtnis geblieben. Und schiebe das nicht auf die Chemotherapie und ihre Tücken. Ich bin ehrlich«.

Kuddel dreht sich in meine Richtung und ich laufe zu ihm.

»Hier«. Ich strecke ihm meine Pfote entgegen.

»Das ist mein ›Goldpfötchen‹. Die weiteren drei sind angeboren und tragen mich, während sie hier besondere Aufgaben übernimmt. Ehrlich! Ehrlich, ich habe Dich vermisst. Ehrlich, Du bist ein Mensch, den ich vermisst habe.

Ehrlich, Du bist jemand, Kuddel, den ich nicht wieder hergebe. Ehrlich, ich habe Dich lieb wie Hildchen und ehrlich, ich freue mich auf die Reise durch die Erinnerungen Deiner Kindheit«.

Er greift gerührt mein ›Goldpfötchen‹, wischt sich die Tränen aus dem Gesicht, küsst mein Fell und streichelt mich.

»Grüßt Ihr ›Omama‹ von mir? Kuddel und ich benötigen Rückzug, wir müssen für uns sein«.

Das zustimmende Nicken meiner ›Mamas‹ und den liebevollen Blick von Eddy nehme ich noch mit, bis ich mich mit diesem verkrachten Typen verdrücke.

Im Grunde hat er viel von mir.

Das ›Innere Kind‹

1mposant ist die Sammlung an Schiffen, die kurz vor der Fertigstellung auf Bewunderung warten.

In Kleinstarbeit und mit viel Liebe zum Detail, was die Farbgestaltung angeht.

Überall stehen kleine Dosen mit Pinseln.

Ich bewundere sein Hobby.

Hat er mit der Ausübung vorab eine Art Therapie in Angriff genommen?

Als er mir von einer Werft erzählen will, geht das für mein Empfinden in die falsche Richtung.

»Du Kuddel? Werf(t) nicht alles durcheinander. Auf die Welt gekommen wirst Du nicht sofort gearbeitet haben«.

»Wenn Du Dich man nicht täuscht«, lenkt er ab.

»Meine Jahre davor erinnere ich nicht. Berichten kann ich ab meiner Zeit als Matrose«.

»Abgesehen von der Windelzeit lasse ich Gedächtnislücken nicht gelten. Du gehörst ›auf die Couch‹«.

Und mir fällt eine ins Auge, auf die ich hindeute.

Kuddel hat andere Pläne, holt Bettwäsche aus dem Nebenraum und legt sie auf den Boden.

Gemeinsame Kuschel-Oase.

Für einen ist das Paradies viel zu groß.

Wir liegen da und es schockiert mich, dass er nicht gelogen hat.

Bei jedem Versuch, sich Dinge in Erinnerung zu rufen, landet er in seiner Jugendzeit.

Aktiv werden muss ICH.

Eine Fragetechnik könnte ihm helfen.

»Von Deiner Mama weiß ich einiges. Du sprichst zu keiner Zeit von Deinem Vater«.

Kuddel schweigt und starrt an die Zimmerdecke.

»War er Seefahrer?«, bleibe ich hartnäckig dran.

Dass ich falschliege, ist ein Segen.

Bei meinem Gesprächspartner entstehen erste Erinnerungsfetzen.

»Mein Papa lebte in seiner Opferrolle bequem. Er unternahm lapidare Versuche ohne eigene Anstrengungen, ein geregeltes Leben zu führen. Gearbeitet hat er zu keinem Zeitpunkt. Ob er gelebt hat?«.

Ich verstehe nichts.

Von wem spricht er?

Ein fantasierter Vater?

»Du hast keinen?«.

»Jeder hat einen, Mo. Unzählige Male fragte ich mich, warum meine Mama sich für ein Leben an seiner Seite entschied. Er war wie ein drittes Kind, um das sie sich kümmern musste. Früh habe ich Schuldgefühle entwickelt, dass alles an ihr hängen geblieben ist«.

»Ein Kind sollte keine Schuld spüren, Kuddel. Du bist kein Einzelkind?«

»Einzelgänger«, weicht er gekonnt aus.

Mit einem Schlag wird mir bewusst, dass sein Leben alles andere als behütet und schön gewesen sein muss.

»Wo befindet sich Dein Bruder heute, wo hält sich Dein Vater auf?«.

In mir macht sich die Angst vor der Antwort breit, die ich nicht hören möchte, wenn ich weitere Informationen provoziere.

»Ich hoffe, dass mein Papa nicht noch mal zu Mama findet, wo wir beim Glauben angelangt wären«.

»Das ist keine Antwort auf meine Frage. Dein Bruder?«.

Ich kann froh sein hier zu liegen.

Was ich erfahre besitzt die Kraft, einem den Boden unter den Pfötchen zu klauen.

Kuddel hatte eine Schwester.

Lange habe er nicht mehr an sie gedacht, momentan sei sie präsent.

Die Eltern hätten eine randständige Position im Dorf gehabt, was nicht zuletzt an den Verhaltensweisen des Vaters gelegen habe. Dieser sei Sohn einer Kriegsfamilie gewesen und man habe ihn emotional vergessen. Über

Gefühle sei nicht gesprochen worden, schlimmer noch, man habe keine gelebt. In kühler Atmosphäre aufwachsend habe sein Vater im Jugendalter dem Alkohol zugesprochen und sei aggressiv gewesen. Schläge als gewählte Art der Kommunikation. Die Dorfdiskothek sei der Haupttreffpunkt der Heranwachsenden gewesen, in der seine Eltern sich kennenlernt hätten. Seine Mama habe zur ›vergessenen Generation‹ gehört und Dinge wie Pubertät und erstes Interesse am anderen Geschlecht mit sich ausmachen müssen. Bei fehlender Aufklärung sei sie schnell schwanger und zur Heirat gedrängt worden.

»Ich kam zur Welt und veränderte das Leben meines Vaters«.

»Hast Du ihm das Leben gerettet?«.

»Genommen, meinst Du. Er war genauso wenig Vater wie Ehemann. Jede Beschäftigung schmiss er nach wenigen Tagen hin, weil er große Probleme mit Autoritäten hatte. Seine eigene Unzulänglichkeit merkend griff er obendrein vormittags zum Alkohol. Zugegeben, ich wollte mich nicht mehr erinnern, weil ich ihn unbestritten nicht kannte. Zumindest nicht nüchtern«.

»Hat er Euch was angetan?«.

»Geschlagen? Er hatte sich gut im Griff. Schläge kamen in seiner Vorstellung von ›äußerer Fassade‹ und diese aufrechtzuerhalten nicht vor. Weder gegen meine Mama noch gegen uns Kinder hat er die Hand erhoben. Beim lauten Schreien war Schluss. Seine Ausbrüche haben meine Mutter belastet und für vieles hatte sie Ausreden gegenüber Nachbarn und Bekannten. Ich war drei Jahre als meine Mama erneut schwanger wurde. Meine Schwester war ein bezauberndes Wesen. Was fehlte Dad zum Glücklichsein? Seine Ausraster wurden unaufhaltbar und er hörte zu reden auf. Eine andere Qualität des menschlichen Absterbens. Als Kind glaubte ich der Erklärung meiner Mama, dass eine Krankheit für sein Schweigen verantwortlich sei«.

»Stumm über Nacht, Kuddel?«.

Typisch Shih Tzu, ich glaube ihm kein Wort.

Er steht auf, um sich Zigaretten zu holen. Gebrochen wirkt er und unglücklich.

Ist es insgesamt von Vorteil, die Kindheit zu verdrängen bei dem, was er mit sich herumträgt?

»Wir hören auf mit dem Kuddelmuddel«. Ich muss lachen, weil sein Spitzname eine andere Bedeutung erhält. »Du wolltest mir von der Werft berichten«.

Mit einem Stöhnen legt er sich zu mir.

»Hör zu, Mo. Nach längerem Warten und Abwägen haben wir begonnen mit der Rückerinnerung. Ich mache keinen Rückzieher, weil es unbequem wird«.

»Ich will Dich nicht belasten«.

Traurig blicke ich zu ihm.

»Entlaste mich und frage, was Dich interessiert. Ich kenne Dich. Du willst wissen, wo meine Schwester lebt«.

»Und, ob sie einen Therapiehund zur Verfügung hat. Eddy wäre noch frei«.

Unglaublich, was Kuddel an Erlebten mit sich herumträgt.

Eines Tages habe seine Mama einen zweiten Job annehmen müssen, um die Familie zu ernähren. Für den Kindergarten habe das Geld gefehlt und die Möglichkeit, dorthin gebracht zu werden. Der Vater sei permanent zu Hause gewesen, wenn auch in Zuständen, die ihn von seinen Kindern getrennt hätten.

»Als ich kurz vor der Einschulung stand, war Alina zwei Jahre. Vier Jahre trennten uns und ich übernahm die Vaterfigur. Lag unser Vater betrunken auf der Couch, ging ich mit ihr raus, um sie zu schützen vor dem, was sich abspielte. Diese Szenarien sollte sie weder mitansehen noch im Heranwachsen verstehen lernen. Ich liebte sie und genoss die Rolle des großen Bruders und Beschützers. Ich verstehe bis heute nicht, wie das passieren konnte«.

Kuddel steht auf, öffnet das Fenster und raucht.

Keines Blickes würdigt er mich, als er mir ein Drama offenbart.

»Ununterbrochen habe ich aufgepasst. Jeden Moment, Mo. Jeden. Wieso ließ ich mich an diesem beschissenen Tag ablenken? Ich wollte mit ihr zum Sandkasten auf dem in der Nähe gelegenen Spielplatz. Von unserem Haus eine längere Straße entfernt. Auf einem Dorf lebend war es ruhig und überschaubar. Ab und zu fuhren Trecker und vereinzelt Autos. Dass sich so ein ›Schlitten‹ zu uns verirrte. Ich wollte mit Alina, die ich in der Kinderkarre bei mir hatte, die Straße überqueren, als ich auf der anderen Seite einen Sportwagen sah. Fasziniert bemerkte ich nicht, dass ich den Buggy, in dem ich das Wertvollste, das mein Leben zu bieten hatte, transportierte.

Ich hielt nicht mehr fest und hörte ein Reifenquietschen, das sich bis heute einbrannte.

Auf See holte mich über all die Jahre dieses ohrenbetäubende Geräusch ein. Wie konnte ich die Gegenfahrbahn nicht beachten? Ein Fahrzeug konnte nicht mehr rechtzeitig bremsen und ich sah Alina und Teile des Kinderwagens durch die Luft fliegen. Der Teddy, den sie zuvor im Arm hielt, überlebte als Einziger den Aufprall unbeschadet. Ich weiß nicht, wie ich ins Krankenhaus kam, in mir ist das, was folgte, wie ein schwarzes Blatt Papier«.

Ich traue mich nicht nachzufragen, ob Alina noch lebt.

Kuddel schließt das Fenster und geht zu einem Schrank, aus dem er ein Foto zieht, das er mir vors Gesicht hält.

»War sie nicht wunderschön?«. Tränen ersticken seine Stimme.

»Ich habe sie umgebracht. Sie war zwei Jahre, Mo«.

»Ich weiß nicht, was ich sagen soll. Es tut mir schrecklich leid. Es war ein Unfall«.

»Mit dieser Erklärung habe ich mich anfänglich getröstet. Im Krankenhaus erhielt ich die traurige Nachricht. Wie in einer Schockstarre, aus der ich bis heute nicht herausfinde, wurde ich von meiner Mama nach Hause gebracht. Nicht Alina war gestorben, unsere ganze Familie habe ich ausgelöscht. Mein Vater gab mir den Rest. Betrunken nannte er mich einen Mörder. Mo? Ich war sechs. Hörst Du mir zu? Ein kleiner Junge, der nicht in der Lage war, Dinge zu verkraften, an denen Erwachsene zerbrechen«.

»Ich muss Deinen Vater sprechen, Kuddel. Dringend. Wo finde ich ihn?«.

Dass das Gehörte der erste Teil des Dramas war, übersteigt meine psychische Konstitution.

Sein Vater habe sich vor seinen Augen eine Pistole an den Kopf gehalten, letztmalig in geballter Form mit sämtlichen Vorwürfen um sich geworfen und abgedrückt.

Stundenlang habe er weinend neben seinem toten, in einer Blutlache liegenden Papa gesessen und auf die Mama gewartet, die bei der Arbeit gewesen sei.

An Hilfe zu holen habe er nicht gedacht, weil er sich wiederholt schuldig gefühlt habe.

Ein Abschiedsbrief, den die Polizei später im Haus gefunden und der Mutter ausgehändigt habe, sei einer Abrechnung gleichgekommen.

Für alles sei er verantwortlich gemacht worden.

Dass der Vater sich seiner geschämt habe, habe in ihm alles an Gefühlen ausgelöscht.

»Und Deine Mama?«.

»Sie hat menschliche Größe gezeigt. Dieses Leid wegschiebend und unter Schmerz stehend hat sie mich getröstet und zu mir gehalten. Vorwürfe gab es zu keinem Zeitpunkt, vielmehr ein Bündnis, das uns still zusammengehalten hat. Wir hatten noch uns. Verborgen blieb mir nicht, wie sie abends in ihre Kissen weinte, wenn ich auf einem Toilettengang vor ihrem Schlafzimmer stoppte. Eine Vorahnung, dass es sie viel Kraft kostete, vor mir sämtliches zu überspielen«.

»Eine starke Frau. Ohne Sie bist Du einsam stimmts?«.

»Wenn ich heute nicht Kuddel der Seefahrer wäre, würde ich Dir zustimmen«.

»Belügst Du Dich? Der alte Knut bist Du geblieben«.

»Nicht wirklich. Nach den Erlebnissen habe ich mich nicht weiterentwickelt, weder schulisch noch habe ich einen Reifungsprozess durchlaufen. Ich habe mich Kindern entzogen aus Angst, ich könnte Unheil über sie bringen. An Erwachsene habe ich mich nicht herangetraut und später nicht an Gleichaltrige«.

Ich habe bei einer meiner ›Mamas‹ was vom ›Inneren Kind‹ gehört. Psychiatrie-Arbeit hat was Heilendes und ist bisweilen die einzige Möglichkeit zu helfen.

»Kennst Du Dein ›Inneres Kind‹?«.
Kuddel schaut mich erwartungsvoll an. »Wie meinst Du das?«.

»Du musst nachreifen. Wichtig ist es, dass Du Zugang findest zu dem Kind in Dir«.

»Wie gelingt mir das, Mo? Hilfst Du mir? Ich bin kaputt und elendig verloren«.

Tröstend streiche ich mit meinem ›Goldpfötchen‹, dessen Bedeutung er bei weiteren Einsatznotwendigkeiten erkennen wird, über seine zitternde Hand.

»Du hast Dir nichts zu verzeihen. Du warst ein kleines Kind, unfähig, die Fürsorge und Aufsicht für Deine Schwester zu übernehmen. Sie wurde von Eurem Vater im Stich gelassen. Er trägt die Schuld, weil er zu schwach war. Nicht Schuld am Unfall von Alina; an dem, was er Dir später zusätzlich mit seinem Suizid angetan hat«.

»Ich habe ihn trotz allem geliebt«.

»Weil Du die Größe Deiner Mama geerbt hast. Du siehst Dich als Täter und musst

Abstand nehmen von dem Glauben, dass Du einen Anteil beigetragen hast, dass bei Deiner Mama Krebs ausbrach. Waren psychische Gründe mitverursachend fanden sie ihren Eingang in dem Leben, das Euch zusetzte, Dir wie ihr. Letzten Endes waren die prädestinierenden Schicksalsschläge der Unfall ihrer Tochter und der Freitod ihres Mannes. Deine Erkrankung ist keine gerechte Strafe. Hörst Du mir zu? Ich rüttele Dich wach, ich schwöre es Dir«.

»Danke für die letzten Worte. Kennen tust Du mich gut, das muss ich gestehen. Ich bastele jetzt noch an meinen Modellen«.

»Hilft es Dir?«.

»Ich bin in dieser Beschäftigung bei meinem ›Inneren Kind‹«.

Erstmals sehe ich keinen flapsigen Spruch in seinen Worten und grinse bei dem Humor, den ich zuvor abgetan habe.

Bewundernd schaue ich zu, wie er mit einem Pinsel das Modellschiff mit einem Namen verziert.

»Die ›MS Mo‹ wird mein erstes fertiges Werk sein, das nach der Taufe einen Platz in der Vitrine erhält«.

Offenheit

Mein Geist ist über Nacht zum Computer mutiert.

Als müssten zig Updates eingespielt werden, finde ich keine Ruhe.

Meine Ablehnung galt nicht ihm, als ich Kuddel erstmals gegenüberstand.

Mit diesem ›menschlichen Auswechseln‹ hatte ich ein Problem und ich bewerte es rückblickend als unfair, weil er auf verlorenem Posten stand.

Als Eddy sagte, dass jeder eine Geschichte mit sich herumträgt, zog ich das in Zweifel, obwohl ich vermute, dass es stimmt, dass kein Leben frei ist von Enttäuschung und Kummer.

Warum trifft es manche dermaßen hart wie Kuddel?

Dankbar bin ich ihm für diese Offenheit, mit der er mir Bruchstücke seine Kindheit näherbrachte.

Als ›perfekter Shih Tzu mit Therapie-Motivation‹ muss ich mich einfühlen und hineinversetzen können.

Gelingt mir das?

Er bastelte gestern exzessiv weiter und hat nicht bemerkt, dass ich das Zimmer verließ.

Seine eigene Welt, in die er sich flüchtete, um nicht zu verzweifeln.

Konnte er schlafen?

Als ich anschließend bei ›Omama‹ und den anderen saß, war ich auf seltsame Weise meinem Leben entrückt.

Eddy wollte wissen, was mich beschäftigte. Schlagartig gelang es mir nicht mehr, darüber zu sprechen.

Ich verstand Kuddel.

Zum allerersten Mal.

Wie ich nach Hause gekommen bin, kann ich Dir nicht sagen.

Später befand ich mich platt zwischen den Kissen meines Körbchens und stellte mir tausend Fragen.

Ein Geheimnis zu hüten, ohne meinen Kumpel einzuweihen, erschien mir falsch.

Er sollte wissen, warum Kuddel sich mit seinem Leben schwertat.

»Eddy? Er muss mehr schultern, als er tragen kann«.

»Redest Du von IHM? Ist mein Wunsch vermessen, dass Du mir von Eurem Gespräch erzählst? Du baust urplötzlich eine Mauer gegen mich auf, bist abwesend und unnahbar«.

»Es tut mir leid. Mich schockiert nachhaltig, was er durchgemacht hat«.

»Auf See?«.

»Das kann ich nicht sagen, soweit sind wir noch nicht. Als kleiner Junge. Sein Leben geriet massiv ins Wanken und er sieht sich als Verursacher«.

Auf unserer Terrasse - in der Sonne liegend - berichte ich von den schrecklichen Ereignissen in Kuddels Leben.

Nicht nur Eddy ist zutiefst erschüttert; unsere ›Mamas‹, die sich unbemerkt auf die Lounge-couch hinter uns gesetzt haben, finden keine Worte für seine Schicksalsschläge.

Als wir uns gefangen haben, vertreten sie die gleiche Meinung wie ich gestern in dem tiefgründigen Gespräch.

Der Vater, unabhängig von den Gründen für sein Versagen, trägt die Schuld an dem Auslöschen einer Familie.

Ein Sechsjähriger ist angewiesen auf die Fürsorge und den Schutz durch seine Eltern.

Dass keiner für ihn da gewesen sei, habe zum Stillstand im Reifeprozess geführt.

Er ist ein Junge, der fallengelassen wurde.

Unfassbar.

Auf die Fragen, ob er später einen exzessiven Konsum von Alkohol betrieben habe und in Schule und Beruf gescheitert sei, habe ich keine Antworten.

Diese Angst in mir, dass es Kuddel zu viel wird und er sich entzieht, bevor er sein Leben aufarbeitet, ist unerträglich.

Verdenken könnte ich es ihm nicht.

Wer kann von sich behaupten, er würde eine andere Art der Bewältigung wählen?

Alles Schlimme in eine Dose packen, mit einem Deckel verschließen und nicht mehr hervorholen. Sich zu erinnern bedeutet wiederkehrende Erschütterung durch die Konfrontation mit Hinweisreizen.

Wie bezeichnen unsere ›Mamas‹ es?

Posttraumatische Belastungsstörung, wenn ich mich richtig erinnere.

Das könnte bedeuten, dass Kuddel noch heute von dem Unfall seiner kleinen Schwester und dem Suizid seines Vaters träumt.

Ob er diese Phänomene an Land ließ, wenn er in See gestochen ist?

Depressionen hat er kürzlich erwähnt, nicht hingegen, ob er Symptome erhöhten Arousals kennt, die ihn quälen.

Ich wünsche mir, dass er an die gestrige Offenheit anknüpft und ich hören werde, wie er es überhaupt geschafft hat, einen regulären Schulbesuch zu bewältigen.

Gefasst mache ich mich auf weiter tragische Dinge, die ich erfahren könnte.

Ob er je an Suizid dachte?

Seine Mama war religiös und lebte allumfassend nach ihrem Glauben.

Hat sie diese Werte an ihren Sohn weitergegeben?

Es wäre Sünde, das Leben, das ihm geschenkt wurde, mutwillig und feige auszulöschen.

Wie ich es drehe und wende, ich muss mit ihm sprechen.

Würde ich mir die wichtigen Antworten geben, ginge es nicht mehr um Kuddel.

Sein Leben ist es, das mich bewegt und fortan fordern wird.

Als ich Eddy um einen erneuten Besuch bitte, erübrigt sich das Warten auf eine Antwort.

Unser Seefahrer steht vor der Tür, um sich für die Krabben zu bedanken.

Nachdem wir gegangen seien, habe ›Omama‹ sie ihm überreicht und es habe verdammt viel Spaß bereitet zu pulen, bis eine Handvoll nach lohnenden Mühen im Mund verschwinden konnte.

»Schweinearbeit, die kleinen Viecher essbar zu kriegen«, lacht er.

»Habt Ihr so gut geschlafen wie ich?«.

Entsetzt gucke ich ihn an.

Ist das sein Ernst?

»Mich hat viel zu viel beschäftigt, als dass ich Ruhe finden konnte«.

»Ernsthaft? Weißt Du, dass Quatschen von Quatsch kommt? Mehr war es nicht. Du weißt, warum ich Einzelkind und vaterlos bin. Es gibt Schlimmeres«.

»Heute Meister im Verdrängen, Herr Schiffskapitän?«, fordert Eddy ihn heraus.

»Und Du in der Unterstützung eines übersensiblen Shih Tzu unterwegs?«.

Da duellieren sie sich erneut um den ersten Platz in der Kategorie ›Comedy‹.

»Du hast garantiert die halbe Nacht wach gelegen«, stoppe ich die Oberflächlichkeit, mit der die zwei um sich schmeißen. »Gedanken abgelöst von Tränen und umgekehrt. Mir machst Du nichts mehr vor. Du weißt, wie ich Hildchen vermisse, obwohl ich sie so gut wie nicht kannte. Du willst mir sagen, Du kannst über Alina sprechen und zur Tagesordnung übergehen? Bist Du eine Maschine?«.

Der wunde Punkt ist getroffen.

»Kannst Du bitte aufhören, Mo? Du wolltest meine Kindheit durchleuchten. Das haben wir hinter uns und ab sofort geht es um die Geschichten auf See«.

»Mit sechs Jahren träumen viele Jungs, ein Pirat zu sein. Hast Du den Besuch einer Schule, einen Berufsabschluss und Militärdienst übersprungen und bist als Kind übers Meer geschippert?«.

Kuddel wirkt überfordert und auf der Suche nach Worten.

Wie konnte er gestern flüssig berichten und ich den Eindruck gewinnen, dass ihm reden hilft?

War er es, der mich als anstrengend bezeichnet hatte?

Mich stresst, wenn ein Tag der Offenheit von einem abgelöst wird, an dem man Gesagtes relativiert und Dinge ins Lächerliche zieht, um sich ihnen nicht stellen zu müssen.

»Wird meine Stärke zum Zuhören von Dir gebraucht, stelle einen Antrag. Ich werde sehen, was ich für Dich tun kann, je nach terminlicher Verfügbarkeit«.

»Mo kann lustig sein. Dass ich noch erleben darf, dass Du Dich locker machst«.

»Im Gegensatz zu Dir verdränge ich keine nicht aushaltbaren Gedanken und Gefühle. Mo verlässt die Bühne für DEN Clown Kuddel«.

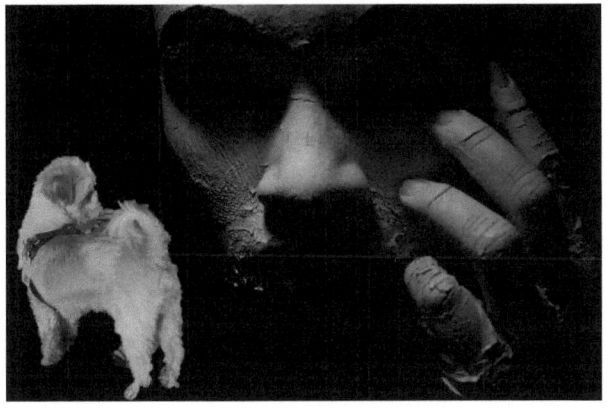

Ich spüre die Blicke von allen hinter meinem Rücken, bleibe mir treu und mache mich vorerst unerreichbar.

Seine Art, nichts zu sagen, quält.

Wenn Frauen schweigen, hegen sie Mord-
pläne.

Wie sieht es aus bei Männern seiner ›Mach-
art‹?

Leben?

Was bedeutet das?

Zugegeben, ich weiß so viel über die Schifffahrt wie Kuddel über die Befindlichkeiten eines Shih Tzu.

Lade ich ihn ein, gemeinsam mit uns eine Ausstellung im Deutschen Museum zu besuchen, dient das vorrangig dem Stillen meiner Wissenslücken.

Einen echten Seemann an der Seite zu haben, der ein Potpourri an Erfahrungen in sich trägt, ist das absolute Highlight.

Ich bedauere, dass ›Omama‹ sich wegen ihrer Arthrose Bettruhe verordnet hat und Tobi kein Interesse an Kuddels Leidenschaft zeigt.

Jenny hält indes nichts zu Hause in Anbetracht der Möglichkeit, mehr über das zu erfahren, was das Leben ihres Partners jahrzehntelang ausgefüllt hat.

Auf der Hinfahrt spielen unsere Frauchen Seemannslieder, was Kuddel sichtlich nervt.

»Ihr liebt die ganze Bandbreite an Klischees?«.

Jenny boxt ihm in die Seite. »Ist keins, dass Seeleute Raubeine sind«.

Unter dem Strich scheint unser ›Wassermann‹ nicht gut drauf zu sein.

Hinten mit Jenny, Eddy und mir sitzend schaut er gelangweilt aus dem Fenster, antwortet in kurzen Sätzen und sein Lachen vermissen alle.

Ich hasse Situationen, in denen viel Aufwand betrieben werden muss, um ein Gespräch in Gang zu setzen und - noch schwieriger - es aufrechtzuerhalten.

»Freust Du Dich auf die Ausstellung?«.

Ich schaue ihn an.

Unübersehbar, wie lustlos er wirkt.

Gähnend quält er sich die Antwort aus Höflichkeit heraus.

»Ich kann es nicht erwarten«.

»Warum hast Du nicht abgesagt?«.

Die Wut in mir schießt über.

»Als hätten wir nichts anderes zu tun«.

Wie gnädig, dass er mich anschaut.

»Was kommt als Argument, wenn ich Dir erkläre, Dich nicht zu verstehen? Du willst meine Tagebücher durchleuchten, wenn Du alles aus meiner Kindheit weißt, weil Du vorher sonst Zusammenhänge nicht begreifst. Glaubst Du im Ernst, Sämtliches zu kennen?«.

Er schüttelt den Kopf und hält mir vor, dass ich meinen Weg nicht konsequent verfolge.

Ich versuche einen Spagat zwischen Vergangenheit und Gegenwart, anders könne er sich nicht erklären, aus welchem Grund ich mittendrin in seinem Leben fortsetze.

Unrichtig liegt er nicht. Ich weiß, es wird in Menschenmund anders ausgedrückt, ich will sagen, dass er mehr durchschaut als ich zugeben will.

Prinzipiell konnte ich raushören, dass er bei der Marine gewesen war, womit die Frage bleibt, wie er diesen Weg zum Schiff gefunden hat.

War er Kapitän auf einem Kreuzfahrtschiff, ein Offizier, ein Matrose?

Blinder Passagier?

Bei all den Lügen, die Eddy und mir - nicht einzig von ihm - aufgetischt wurden, würde mich nicht wundern, wenn sich herausstellt, dass er kein Seemann war und Träume thematisiert.

Er meint, er schaffe es, mir Modelle zu erklären, über die er wie kein Außenstehender referieren könne.

Sei es das, was ich von ihm erwarte?

»Dreht Ihr«, bitte ich unsere ›Mamas‹, weil ich keinen Sinn erkenne, diesen Gang durch ein Museum zu vollziehen, wenn an unserer Seite ein Mann dicht macht, den wir an diesem Tag am meisten brauchen.

»Quatsch«, mischt sich Jenny ein. »Reißt Euch zusammen, Ihr Sturköpfe, zumindest für einen Tag«.

»Das hat nichts mit Sturheit zu tun, Schatz. Ich ertrage das alles nicht«.

Kuddel reißt die Autotür auf, was die Fahrerin zum sofortigen Anhalten veranlasst.

»Eddy? Was mache ich ständig falsch?«

»Du kannst nichts für das Gewitter in ihm«, übernimmt Jenny das Antworten. »Er hat nicht viel geschlafen und fühlte sich heute früh bereits schlecht. Wenn er sich einkriegt, setzen wir unsere Tour fort«.

»Nein«, entscheidet Eddy. »Es ist zu früh für derartige Aktivitäten. Respektieren wir bitte seine Verweigerung. Mo? Ihr solltet sprechen. Los«.

Als habe ich auf diesen Appell gewartet, springe ich aus dem Auto und laufe in die Richtung, in die Kuddel verschwunden ist.

Da sitzt er an einen Baum gelehnt, zusammengekauert und die Hände vors Gesicht haltend. Ich ahne, dass er weint und ich fühle mich entgegen Eddys Worten verantwortlich für seinen Gemütszustand.

»Du?«, spreche ich ihn vorsichtig und zaghaft an.

Er schaut nicht auf.

»Ich war noch nie in einer derartigen Situation. Ich glaube zu verstehen, was Du mir sagen willst, was mich noch viel hilfloser macht. Ich kann Dir Deine Familie nicht zurückholen«.

»Um ein irrwitziges Anliegen handelt es sich nicht, Mo«.

Mit verweintem Gesicht schaut er mich an.

»Du hast in mir eine Tür geöffnet, die fest verschlossen war. Die Gefühle, die mich seither begleiten, machen mich schier kaputt. Ehe Du Dich erneut selbstkritisch hinterfragst, sage ich flugs, dass ich glücklich bin, dass jemand mir geholfen hat, diesen Brocken in mir aufzuweichen. Ich habe seit jeher nicht mehr weinen können. Diese Tränen hier deuten auf was Gutes«.

»Wie hast Du Trauer bewältigt?«.

»An Bord, meinst Du? Kein Stück. Ich habe sie nicht gespürt«.

»Sie gehört zum Leben«.

»Leben? Was ist das?«.

Dieser Satz drückt das ganze Drama aus.

»Ich befand mich in Händen der ›Welpen-Mafia‹, Kuddel, falls Dir das was sagt. Nicht zu vergleichen mit Deinem Schicksal, gleichwohl fühlte ich mich zu dem Zeitpunkt ausgeliefert, schwach und voller Angst. Ein Hund kann nicht selbstbestimmt sein Leben in die Pfötchen nehmen. Geholfen haben mir meine Träume von einer Zukunft im Licht. Bis Eddy mich in seine Familie geholt hat. An seiner Seite begann mein Leben, obwohl ich zuvor ja existent war. Du wurdest von Jennifer und ihrer Familie adoptiert, falls es das richtige Wort ist«.

Kuddel grinst.

»Du bist ein Süßer. Adoptieren muss mich niemand. Ich wurde zum dritten Male gesehen«.

»Gesehen?«.

»Ich merke, dass ein Gespräch mit Dir ohne gleichzeitige Erklärung nicht funktioniert. Ich habe mit meinem Leben gebrochen, das erkläre ich Dir später. Man gelangt an einen Punkt, an dem man sich im Stich gelassen und übersehen fühlt. Unter Millionen anderer Menschen war ich ein Stein auf dem Asphalt, der getreten wurde. Einzig für meine Mama war ich der wichtigste Lebensinhalt«.

Kuddel schluckt.

»Sie hat Dich gesehen?«.

»In jeder Sekunde«.

»In Sekunden oder dreimal?«.

Er lacht. »Ich finde Gefallen an Deiner Fragelust. Ihr Hunde seid klug, mehr als wir Menschen und habt aufgegeben uns zu verstehen. Reiner Selbstschutz und gesund. Mamas Aufmerksamkeit konnte ich mir zu jedem Zeitpunkt gewiss sein. Eines Tages traf ich auf einen kleinen Shih Tzu, der mir das Zimmer in der Seniorenresidenz nicht gönnte, in dem ich einziehen wollte. Frag mich nicht, was mich an Dir faszinierte. Dieser Biss?«.

»Ich habe Dich nicht gebissen«.

»Nein, diese Konsequenz, mit der Du wofür eintrittst, was Dir wichtig ist. Du hast das Reich von Hildchen verteidigt, als ginge es um Dein Leben«.

»Für Dich ist sie noch immer Hildegard«.

»Das meine ich. Einmalig bist Du in Deiner Art. Ich war eifersüchtig, dass ich nicht an ihrer Stelle und Dir so wichtig war«.

"Du wärst jetzt tot."

»Das hatte ich gemeinsam mit ihr zu diesem Zeitpunkt. Undenkbar erschien mir, dass ich aus dem Zustand herausfinde. Eddy hat mit Dir das Unmögliche geschafft. So viel Spaß wie unter Eurer Aufsicht beim Aufwecken einer ganzen Altenheimbesatzung erlebte ich erstmals«.

»Besatzung? Wir sind an Land, Seemann außer Dienst. Lass mich raten. Das dritte Gesehen-Werden übernahm Jenny«.

»Ich bin beeindruckt, Mo«.

Kuddel erklärt mir seine Wünsche, die er an sein Leben stellt und dass er sich ohne meine Unterstützung außerstande sehe, diese zu verwirklichen.

»Ich hoffe, dass ›Omama‹ gesund bleibt und uns viele Jahre noch begleiten wird. In ihr, Jenny und die übrigen Familienmitglieder finde ich eine neue Familie, was möglich ist, indem ich zu leben beginne. Du hast es gut gemeint mit dem heutigen Trip zur Ausstellung und ich danke Dir für alle Bemühungen. Es wäre eine erneute Flucht. Meine Geschichte darf keinem Skript über die Seefahrt gleichkommen. Wir sind bei meinem sechsten Lebensjahr stehengeblieben. Für den späteren Zeitraum fehlt es mir an Erinnerung. Da muss was sein, Mo, oder nicht?«.

Durch seine unmissverständliche Frage, die er an mich stellt, wird mir mein Fehler von heute bewusst.

»Klar ist da was, an das Du nicht herankommst, weil es noch verschüttet ist. Nicht das Deutsche Museum, Deine Schule müssen wir aufsuchen. Dringend«.

»Und weiter?«.

»Die Erinnerungen werden spontan einsetzen. Vertraue mir«.

Mit ihm in Begleitung erreiche ich unser Auto und suche das Gespräch mit meinen Frauchen.

Die Enttäuschung über den geplatzten Museumsbesuch hält sich in Grenzen und wir befinden uns auf einer geänderten Route, ohne Seemannslieder und vor allem ohne jegliche Streitgespräche.

Eng an Kuddel gekuschelt schauen er und ich uns die Fahrt über an und ich lese so viel in seinem Blick.

Zweite Einschulung

In der Zeit, in der Kuddel und ich über das Leben und Gesehen-Werden philosophierten, scheinen die anderen sich entschlossen zu haben, uns mehr Zeit zu zweit einzuräumen.

Keine schlechte Idee.

Wir werden vor der ehemaligen Schule abgesetzt und unsere Begleiter entscheiden sich zum Kaffeetrinken in der Nähe.

Eddy will sie begleiten, was bedeutet, dass ich erstmals ohne seine Hilfe eine ›Mission‹ fortsetze.

Mulmig ist mir, und die weichen Knie sind ein Zeichen der absoluten Unsicherheit.

»Kuddel, packen wir das?«.

»Was?«.

»Deine zweite Einschulung. Gab es eine Schultüte für den lütten Buben?«.

Ich merke, wie er sich zu erinnern versucht.

»Zwinge Dich nicht, das geschieht blind. Du weißt noch, welches Klassenzimmer Du hattest?«.

Ohne zu zögern, zeigt er auf ein Fenster im ersten Stock.

»Das Dritte von links. Ich saß außen, niemand neben mir. Ich glaube, ich war der Einzige, der keinen Tischnachbarn hatte«.

Ob die Schule trotz Ferien geöffnet ist?

Mit Vergnügen würde ich mit Kuddel die Klasse aufsuchen und mich mit ihm an seinen alten Tisch setzen.

Heute wäre dieser fehlende Nachbar an seiner Seite.

Ich laufe vor, bis er meine Absichten erkennt und registriert, was ich plane, mich überholt und glücklich wirkend das große Schultor aufreißt.

Vor den Reinigungskräften, die ihren Dienst verrichten, verstecken wir uns, bis der Weg frei ist.

Seine Klassentür ist verschlossen.

»Shit. Wir kommen zurück«, verspreche ich – durch die Barriere enttäuscht.

»Memme. Wenn wir hier sind, bleiben wir an dem Ort des Nebels«.

Ich sehe, wie Kuddel was aus seinem Mantel zieht.

»Was willst Du mit einem Taschenmesser?«.

»Das ist ein Wunderwerkzeug, schau her«.

In alle Richtungen zieht er ein neues Utensil heraus, so ein Multifunktionsding. Das ist nicht sein Ernst.

»Strafbar machen wir uns nicht. So wichtig ist mir Dein Leben nicht«.

»Danke für Deine kompromisslose Art, Kampfzwerg. Hast Du eine bessere Idee?«.

Habe ich.

Hinten stand ein Wassereimer für die Flurreinigung.

»Hole ihn herüber und schütte ihn vor der Zimmertür aus. Das Wasser wird sich nicht einzig in unsere Richtung verteilen«.

Im Eiltempo verstecken wir uns hinter einer Garderobe; dass wir entdeckt werden könnten, keinen Augenblick gehen wir von dieser Möglichkeit aus.

»Oh nein, was für ein Schweinkram«.

Eine der Reinigungskräfte schließt die Tür auf, wischt den Schweinkram weg, den Kuddel verursacht hat - nicht ich - und öffnet die Klassenfenster für Durchzug zum schnelleren Trocknen.

Unser Plan geht auf, als sie einer Kollegin mitteilt, im Untergeschoss weiterzumachen.

Die Luft ist rein und die Lust übergroß, die Schulbank zu drücken.

Kuddel muss nicht überlegen, welcher sein Platz gewesen war.

Flink läuft er hinüber und klopft auf den freien Stuhl an seiner Seite.

»Willst Du mein Schulfreund sein?«.

Nichts lieber als das.

Mein Freund schaut sich in der Klasse um.

»Was denkst Du in diesem Moment?«

Ich erfahre tief Bewegendes aus dem Schulalltag eines kleinen Jungen mit schmerzlichen Erfahrungen.

Täglich habe er hier den Sinn seines Lebens gesucht, gefunden habe er eine Flut von Oberflächlichkeiten.

Beizeiten - in der ersten Klasse, als allen das Alphabet viel abverlangte, - sei er verhaltensauffällig geworden und habe mit den Mitschülern Prügeleien ausgetragen, die regelhaft von ihm ausgegangen seien.

Der freie Stuhlplatz habe seine Bedeutung gehabt.

Nicht, dass er keinen Freund gefunden habe, es sei seine Art gewesen, seiner Schwester den Weg zu ihm zurück nicht zu versperren.

Dies erinnert mich wahnsinnig an Hildchen.

Hatte er aus diesem Grund so viel Verständnis für meine Unfähigkeit loszulassen?

Mit einem Gedankensprung fällt ihm seine Schultüte ein.

»Blau war sie«, murmelt er. »Warum nicht schwarz? Ich hatte meine Schwester verloren und war Täter an meinem Vater«.

In ihr seien neben Süßigkeiten und Schreibutensilien - liebevoll ausgesucht - Modellautos gewesen.

Die Mutter habe ihm eine Freude machen wollen und nicht gemerkt, wie makaber es auf ihn gewirkt hat.

Ausgerechnet Autos, die Waffe gegen seine kleine Schwester.

Der Grund, warum er sich anfänglich nicht habe erinnern wollen.

Seine Schulzeit sei die Hölle gewesen.

Ständig habe seine Mama Einladungen beim Rektor wahrnehmen müssen.

Von Ermahnungen bis hin zu Schulverweisen sei alles dabei gewesen.

Über jede schlechte Note habe er sich gefreut, weil sie per se sein Innerstes gespiegelt hat.

Einzig im Sportunterricht habe er brilliert, um das Weglaufen zu trainieren.

»Alina würde nicht wollen, dass Du Dich so quälst«.

»Hat sie gewollt, überrollt zu werden?«.

Wenn er auf Fragen reagiert, dann drastisch, sodass es mir jegliche Antwort verunmöglicht.

»Was tat Dir hier am meisten weh?«.

»Alles. Ich ertrug diese glücklichen Kinder nicht. Noch schlimmer waren die Lehrer, die meinten, uns das Leben erklären zu können. Ich hatte keins. Mitleid mit den Kreaturen um mich, die sich veräppeln ließen, das verspürte ich. Das Leben war weder schön, noch ließ es sich lernen«.

Dachte ich, die Tagebücher von Kuddel seien erschütternd, übertreffen seine Ausführungen alles.

»Du hast weiter gemacht und Dich nicht aufgegeben«.

»Ich habe Mama nicht aufgegeben, das ist ein Unterschied«.

Ich erfahre viel über leere Lehrstunden und das tragische Dasein eines kaputten Jungen, der mit dreizehn Jahren seine ersten Drogen-Erfahrungen machte. Dieses Abschießen und Betäuben erreichten eine Dimension, die ihm deutlich machten, dass er keinen Frieden finden könne.

»Drogen und Schule, Kuddel? Wie verträgt sich das?«.

»Schule ohne Drogen, das war unerträglich. Ich habe die Schule nicht beenden können. Rausgeflogen bin ich in der achten Klasse«.

»Sie haben Dich fallenlassen?«.

»Nicht mich! Den Typen in mir«.

Ich begreife nicht, warum es Pädagogen nicht gelungen ist die Probleme im Leben von Knut zu erkennen. Warum half ihm niemand aus dieser Situation, in die er geraten war?

»Zurück zu Deiner Mama. Wie gelang es ihr mit all dem umzugehen?«

»Viele Tränen hat sie vergossen. Erneut fühlte ich mich schuldig. In besonderer Weise in den Momenten, als sie Elternsprechtage alleine besuchen musste und nach meinem Vater gefragt wurde. Ein Leben voller Lügen«.

»In Deinem Tagebuch steht was von Vorwürfen gegenüber Deiner Mutter. Wie konntest Du welche aussprechen, wenn sie es war, die hinter Dir stand?«.

»Das ist es ja, Mo. Ich weiß nicht, was mich berechtigte, ihr unbewusst eine Teilschuld zuzusprechen. Ich war vierzehn, als sie mir einen neuen Mann präsentierte. Als wäre es das Normales der Welt, eine neue Familie zu gründen, weil sie die alte begraben musste«.

»Verstehe ich nicht. Hast Du darüber nachgedacht, dass sie sich einsam fühlte?«.

»Permanent. Musste es dieser Mann sein? Er war ein Versager. Mehr noch als ich. Erinnerte er mich anfänglich an meinen Vater durch sein massives Alkoholproblem, stellten sich seine Charakterschwächen als viel gravierender heraus. Ausgerechnet von so einem Despoten wurde meine Mama erneut schwanger«.

»Du hast noch Geschwister?«

»Eine Halbschwester, die ich nicht kennengelernt habe. Alina eintauschen? Es brach mir das Herz als ich erfuhr, dass Mama ein Mädchen erwartet«.

»Wie ging es weiter?«.

»Abhauen war die einzige Option. Ich hatte erstmals ›Freunde‹.« Er signalisiert, dass das letzte Wort in Anführungszeichen stehen müsste. »Das Drogenmilieu ist frei von Sünde und Gnade«.

»Ein verlogenes Milieu«.

»Mit Abstand erkennt man das«.

Ich überlege, warum er seine Halbschwester noch nicht gesehen hat?

Zu seiner Mutter hatte er Kontakt, wenn ich ihn richtig verstanden hatte.

Lügt er?

Will er sich an die ›neue‹ Schwester nicht erinnern? Hat er sie, ohne ihr eine Chance einzuräumen, verbannt?

Das herauszufinden ist für mich immanent wichtig.

Sie kann nichts für die Geschehnisse weit vor ihrer Geburt.

Soeben schreckt uns die Reinigungskraft hoch.

»Die Schule ist geschlossen. Was machen Sie hier?«.

Mich scheint sie nicht erkannt zu haben, da ich nicht über den Tischrand schauen kann.

Kuddel nimmt mich auf den Arm, hält mich ihr entgegen und gibt eine Antwort, die für Gänsehaut sorgt.

»Mein Freund hier wollte den Ort kennenlernen, an dem ich endgültig gestorben bin«.

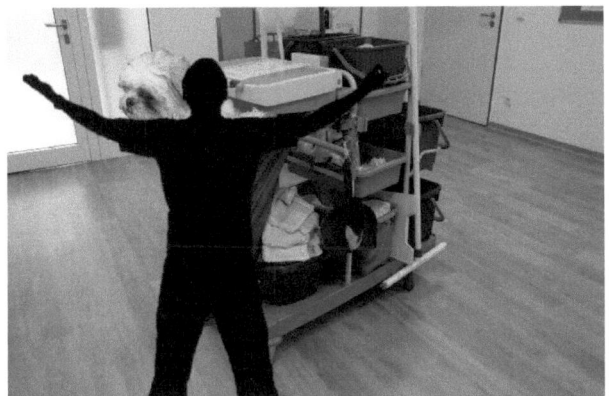

In letzter Sekunde

*K*uddel und Verbindlichkeit?

Denke ich seit Tagen über die Gesprächsinhalte in seiner alten Schule nach, scheint er abgetaucht.

Verleugnen lässt er sich, schlussfolgern unsere Mamas nach einem Telefonat mit Jenny.

»Wie lange brauchst Du zum Abbruch?«, zweifelt Eddy zunehmend an ein gutes Ende dieser Vergangenheitsbewältigung. »Es tut Dir, nicht ihm weh«.

»Wer sagt das? Ich sehe ihn vor mir, sobald mein Körper nach Schlaf verlangt. Es geht ihm nicht gut«.

»Wetten? Er genießt sein Leben, während Du leidest«.

»Wette verloren«.

Das Mindestmaß an Verständnis von Eddy enttäuscht mich.

»Er benötigt Anstupser«.

»Einen Tritt, meinst Du«.

Eddy lässt mich genervt stehen ob der Tatsache, mich nicht überzeugt zu haben, was mich veranlasst ihm hinterherzurufen.

»Keiner hat sich die Mühe gegeben, mehr von ihm zu erfahren. Ich dachte, Du bist anders«.

Abrupt stoppt mein Kumpel und findet zu mir zurück.

»Was muss ich tun, Mo, bis Du verstehst, dass ich mich sorge? Nicht um Kuddel, um Dich. Wir suchen ihn unvorbereitet auf. Überzeugt es Dich, falls wir ihn bei Gartenarbeit antreffen - respektive er seinem Hobby nachgeht?«.

Felsenfest von schlechter Befindlichkeit von Kuddel überzeugt, nehme ich das Angebot an.

Unsere ›Mamas‹ entscheiden sich indes, uns nicht zu begleiten und ich werde das Gefühl nicht los, dass sie mit Eddy einer Meinung sind.

Wie abgebrüht muss man sein, einen lieb gewonnenen Menschen so schnell fallenzulassen?

Mein Körper signalisiert mir, dass mit ihm was nicht stimmt.

An Jennys Haus treffen wir auf ›Omama‹, die berichtet, dass ihre Tochter nicht zu Hause sei.

»Ich will zu Kuddel«, mache ich deutlich.

Sie schaut nicht glücklich aus und ihre Tochter ist fort.

Ein schlechtes Zeichen?

Sollte Eddy recht behalten?

»Haben sie sich getrennt?«, spricht mein Freund eine meiner größten Befürchtungen aus.

Ohne eine Antwort abzuwarten, läuft er zur Höchstform auf.

»War absehbar. Er will keine Hilfe und mag keine Gefühle. Das ist schwer für jeden Zweiten. Und er? Genießt Angeln mit Tobi. Quatsch, lass mich raten, er ist im Freizeitpark«.

Marianne setzt sich auf ihren Rollator und wirkt alles andere als wütend auf Kuddel.

»Meine Tochter ist glücklich an seiner Seite. Nach dem Tod meines Schwiegersohnes hatte sie es schwer, ihr Leben mit Sinn zu füllen. Kuddel tut ihr gut. Es gibt nichts Schöneres für ein liebendes Mutterherz«.

»Das habe ich nicht erwartet«, gibt Eddy unumwunden zu.

»Wo steckt er?«.

»Im Bett, wie alle Tage zuvor. Niemand kann ihn bewegen aufzustehen und sein Zimmer bleibt dauerhaft verdunkelt«.

»Warum geht ihr nicht ins Zimmer und holt ihn?«.

»Aus Respekt. Jenny stellt ihm morgens das Frühstück ans Bett, das sie abends unangerührt abräumt. Er will weder sprechen noch am Familienleben teilnehmen. Einen kurzen Brief hat er vor sechs Tagen verfasst, aus dem hervorgeht, dass er uns mit seinem Verhalten nicht verletzen, sondern schützen will. Er wird von sich aus auf uns zukommen, sobald es ihm möglich ist«.

»Respekt hin, Respekt her. Es reicht Marianne. Er darf nicht walten, wie es ihm passt und andere unterordnen. Er soll den Hintern hochkriegen. Ablenkung ist wie eine Wunderpille. Nichts anderes haben wir ihm und Dir kürzlich im Seniorenstift beigebracht. Ich mache ihm Beine«.

Ehe ›Omama‹ und ich ihn zurückhalten können, läuft er ins Haus.

»Oje Mo. Dein Freund macht einen großen Fehler«.

»Ich versuche ihn aufzuhalten«, verspreche ich, folge meinem ›Krawall-Terrier‹ und erwische ihn noch rechtzeitig vor Kuddels Tür.

»Untersteh Dich. Niemand darf sich über seine Entscheidungen stellen, auch Du nicht«.

»Der Kuschelkurs ist beendet. Ich habe es satt, dass sich alles um ihn dreht und er es ausnutzt«.

»Wer sagt das?«.

»Um es mit Deinen Worten auszudrücken - ich spüre das«.

Einzig um Ruhe hereinzubringen bin ich gewillt das Zimmer zu betreten.

Kuddel liegt auf dem Bett und schläft.

»Siehst Du, Eddy? Er ist erschöpft. Denk an seine kräftezehrende Therapie vor Kurzem. Er muss sich erholen«.

»Er markiert, weil er unsere Stimmen gehört hat. Der stellt sich schlafend«.

Eddy rückt vor und ich höre, wie er losbrüllt, was mich fassungslos macht.

»Steh auf, Du Schauspieler. Ich zähle Dir an jedem meiner Pfoten zwanzig Leute auf, die Schlimmeres zu bewältigen haben als Du Kasper«.

Kuddel reagiert nicht, was meinen Kumpel rasend macht.

»Dein Selbstmitleid trägt Züge von Manipulation. Brauchst Du es, dass sich die, denen Du wichtig bist, um Dich sorgen? Ein Armutszeugnis und ein jämmerliches Bild, das Du von Dir zeichnest«.

»Halte den Mund, Eddy. Ich muss kein Experte sein, um zu begreifen, dass hier was nicht stimmt«.

Von Panik ergriffen laufe ich an die Bettseite, auf der unser ›Held der Meere‹ liegt.

Mir stockt der Atem beim Blick auf ein rot gefärbtes Bettlaken und der Befürchtung, dass Kuddel Blut spuckt und seine Behandlung keinen Erfolg hatte. Ich will ihn um nichts auf der Welt verlieren.

»Siehst Du? Er braucht Hilfe. Laufe schnell zu ›Omama‹. Sie muss einen Arzt verständigen«.

Eddy hat die Situation erkannt, in der schnelles Handeln einen Menschen retten kann und umgehend das Zimmer verlassen.

Mein Körper zittert, als ich das große Messer auf dem Nachtschränkchen entdecke.

Oh, nein, bitte nicht.

Unter Schock stehend laufe ich ziellos aus dem Haus, bis mich Jennifer stoppt, die vom Shoppen zurückgekehrt ist.

»Herrje Mo, was ist mit Dir?«.

»Dein Freund ist tot«.

Ich gebe zu, dass diese Aussage gegen meine Sensibilität spricht, mit der ich mich üblich auf sanftem Weg mitteile.

Mit weit aufgerissenen Augen lässt sie mich stehen und rennt hinüber zu Eddy und

›Omama‹, die sie auf dem Weg zu ihrem Freund anhalten.

»Der Krankenwagen ist unterwegs, Jen. Ihm wird geholfen«.

Mama und Tochter halten sich weinend im Arm, während Eddy auf mich zusteuert.

»Es tut mir schrecklich leid, Mo! Warum schaffe ich es nicht auf Dich zu hören, wenn sich ein ungutes Gefühl in Dir regt? Der Krebs ist zurück, was meinst Du?«.

»Wenn es das wäre, könnte man ihm helfen. Er hat sich das Handgelenk aufgeschnitten. Das war kein Unfall«.

»Selbstmord?«, will Eddy wissen und wirkt erschüttert.

»Ich weiß es doch auch nicht. Noch hoffe ich auf ein Versehen«.

Unterbrochen werden wir von der Sirene, als der mit Blaulicht rasende Krankenwagen auf uns zusteuert.

Der Notarzt rennt ins Haus, dicht gefolgt von zwei Sanitätern mit Trage.

Das, was sich abspielt, ist zu viel für ›Omama‹, die sich wiederholt ans Herz fasst.

Eddy erkennt Handlungsbedarf und verordnet ihr Bettruhe.

»Ihr könnt jetzt nichts tun. Jenny, nimm Deine Mama und bring sie ins Schlafzimmer. Keinem ist geholfen, wenn es zu einem zweiten Einsatz kommt«.

Sie hören auf ihn, was mich erleichtert. Den Abtransport mitansehen zu müssen, soll ihnen erspart bleiben.

Dieser erfolgt Minuten später.

»Mit wem hatten die ›Sanis‹ gesprochen?«. Ich hoffe, dass Eddy erkennt, wer drüben steht, was mir durch einen Tränenschleier nicht möglich ist.

»Tobi ist gekommen. Schauen wir, was er erfahren konnte«.

Wir atmen auf, als er uns anschließend berichtet, dass der Arzt Kuddel stabilisiert habe und die Hilfe noch rechtzeitig gekommen sei.

Sie wollten wissen, was zu der tragischen Kurzschlusshandlung geführt habe, woraufhin er die Situation richtig einschätzte.

Seine Schwester sei mental nicht stark und nicht in der Lage, so was zu verkraften.

Eddy schaut zu ihm.

»Was hast Du ihm geantwortet?«.

»Nichts Eindeutiges. Ich würde vermuten, dass die zurückliegende Chemotherapie und seine wiederkehrenden Depressionen eine Rolle spielten. Warum tut er das? Ich kann es nicht fassen. Er muss den Mist unterlassen. Wiederholt habe ich auf ihn eingewirkt«.

»Hat er es angekündigt?«, frage ich erschrocken.

»Das meine ich nicht. Sind Euch noch nicht die frischen und älteren Schnitte an den Unterarmen aufgefallen?«.

Borderline-Persönlichkeitsstörung?

Mir schießt es wie ein Pfeil in den Kopf. Eddy hatte mir die Symptome erklärt. Druckentlastung durch Selbstverletzung.

»Es war entgegen unserer Befürchtung ein Unfall«, atme ich auf.

»Ich vermute, dass Du falschliegst, Mo. Im Schnippeln ist er zu routiniert. Er hat sich in voller Absicht die Pulsadern geöffnet. Gestern fragte er noch nach unseren Planungen für den heutigen Tag. Jenny freute das, weil sie glaubte, er wolle mich zuerst zum Campingplatz begleiten und sie anschließend zum Einkaufen. Bis er sich heute früh mit schlechtem Befinden entschuldigte. Von Mama weiß er, dass sie nicht grundlos in die obere Etage kommt. Der perfekte Zeitpunkt, mit noch perfekterem Plan. Hoffentlich kommt er durch. Was quält ihn dermaßen?«.

»Er kann sich sein Leben nicht nehmen. Er ist vor ewigen Zeiten in der Schule gestorben«, verrate ich traurig die letzten Worte, die ich von ihm gehört habe.

Fragezeichen

*J*enny aufzubauen, gleicht einem Marathon, auf dem sie weit entfernt ist von der Zielgeraden.

»Was habe ich übersehen? Habe ich nicht als Frau an seiner Seite die Pflicht zu bemerken, was für ein Terror in ihm herrscht?«.

»Er ist geschult im Verbergen, was ihn quält«.

Eddys Trost verfehlt die Gehirnzellen, die bei Jennifer die Funktion des Verstehens übernehmen sollten.

»Er war glücklich«, zeigt sie sich uneinsichtig und öffnet sich nicht für das Verändern destruktiver Sichtweisen.

»War er nicht«, rutsche ich in die Position meines Kumpels, von dem ich die kompromisslose Art übernehme, die mir ansonsten schwer im Magen liegt.

»Wie konnte ich glauben, als kleiner Shih Tzu die wichtige Aufgabe eines Psychotherapeuten übernehmen zu können? Ich tendiere zum Behandeln eines problembehafteten Menschen, als sei er ein Kleinkind, unmündig und nicht in der Lage, sich selbstständig zu helfen«.

»Deine Selbstvorwürfe werde ich Dir in diesem Leben nicht mehr abgewöhnen, Mo. Sie werden Dich, wenn Du nicht aufpasst, krank machen. Vertraue meinen Worten, dass keiner verantwortlich ist für die Gründe, die einen derartigen Schritt stützen. Er hat hart gekämpft gegen diese heimtückische Krankheit in seinem Körper, um jetzt sein Leben wegzuwerfen. Das ist schizophren. Ein Witz. Er lässt sich nicht helfen, das ist der Punkt«.

Eddy schaut zu Jenny.

»Er hat geschickt vor Dir versteckt, was tief in seinem Innersten gegen ihn kämpft, und ich rede nicht von dem Krebs, der heilbar wäre, vertraut man auf die Prognosen seiner behandelnden Ärzte«.

»Lieb von Euch, dass Ihr mir eine Last nehmen wollt. Ich rücke nicht ab von meiner

Überzeugung, dass er glücklich war. Wir haben Zukunftspläne geschmiedet, viel gelacht, und sein Hobby hat ihn ausgefüllt«.

Eddy zieht eine Augenbraue hoch.

»Merkst Du es nicht? Er hat es exzessiv ausgeübt und die Übersicht verloren. Warum hat er kein einziges Modellschiff fertiggestellt?«.

»Hat er«, nehme ich Kuddel in Schutz.

»Die ›MS Mo‹. Sie wird als erstes Schiff in die Vitrine hinter Glas kommen, was mich megastolz macht«.

»Meinst Du das blau-weiße Modell?«.

Jenny erzählt, dass es fertig war, als ihr Freund es mit einem Schlag zerstört und die Überreste entsorgt hat.

Ich kann es nicht glauben und in mir tobt ein Sturm der Gefühle.

War es ein Affront gegen mich?

Wollte er demonstrieren, nicht an seine Vergangenheit erinnert zu werden?

Will er mich gar loswerden?

»Erkennt Ihr das Ausmaß seiner Schwierigkeiten? Er gestaltet mit Hingabe und Leiden-

schaft, was er mit unkontrollierbaren Gewalt-
ausbrüchen zerstört. Zerrissener kann ein
Mensch nicht sein«.

Eddy schüttelt den Kopf.

»Er macht auf Familienleben, an das er nicht
glaubt. Egoistisch will er auf problematische
Weise Sehnsüchte stillen«.

»Glaubst Du das ernsthaft?«, fragt Jenny
traurig und man möchte sie in den Arm
nehmen.

Verdient hat sie nicht, was sie miterlebt.

»Bedauernswerterweise ja. Keinem ist aufgefallen, dass seine Arme das ganze Dilemma
verdeutlichen und ausdrücken, wie krank seine

Seele ist. Ich vermute keine Kurzschlusshandlung. Hat er von langer Hand diesen Abgang geplant? Es bleiben Spekulationen, auf die einzig er Antworten geben kann. Fährst Du heute ins Krankenhaus?«.

Jenny nickt.

»Ich darf zu ihm. Die Maßnahmen zur Eindämmung der Corona-Pandemie wurden gelockert, was mir ein Besuch möglich macht«.

Ich denke über die Worte von Eddy nach.

Innere Zerrissenheit.

Ein Kampf, der in ihm stattfindet?

»Du, ›Kumpelherz‹? Ist es vergleichbar mit dem Schlachtfeld, dass die Russen derzeit in Kiew hinterlassen?«.

Er schaut mich sekundenlang an.

Ich kenne diesen Blick, der auf einer Seite ausdrückt, wie leid ich ihm tue, auf der anderen steht er kurz davor, alles ins Lächerliche zu ziehen.

Nicht den Krieg, meine Assoziationen.

Gut, dass er sich beherrscht.

»Mit politischen Vergleichen kommst Du nicht weiter. Wollen die Russen überhaupt einen Krieg? In Kuddel kämpfen Gefühle. Positive wollen sein Leben retten, während die Schlechten das verunmöglichen. Ich kann ihn mittlerweile einschätzen. Er ist einer von den Guten, allerdings zu schwach für sein Leben und das, was es negativ und nachhaltig geprägt hat«.

»Bin ich kein Grund zum Kämpfen?«.

Jenny beginnt zu weinen und ich verstehe ihr Gefühlschaos.

Eddy, sag was, denke ich, weil ich nicht die richtigen Worte finde.

Wie rettend kann ein Telefonklingeln sein.

Sie steht auf, entschuldigt sich kurz und vermutet das Krankenhaus.

»ER macht sie krank«.

Wenn in den Augen meines Kumpels das die richtigen Worte sind, muss ich ernsthaft überlegen, ob ich ihn kenne, wie ich glaubte.

»Sie hat sich ihn ausgesucht«, verteidige ich meinen Seefreund. »Sie wusste, worauf sie sich einlässt«.

»Ja? War Kuddel im Seniorenstift nicht eine Frohnatur? Nichts deutete auf die Entwicklung hin, dass er sich Monate später auf die Intensivstation bringt. Nicht, dass ich ihn nicht mag, Mo. Mir missfällt das Spinnennetz, in dem er Jenny gefangen hält, unfair und unberechenbar«.

»Was meinst Du?«.

»Er spielt Jenny was vor, von dem sie sich die große Liebe verspricht, obwohl er weiß, wie beziehungsunfähig er ist«.

»Wenn er es nicht weiß? Er sehnt sich nach Glück und Geborgenheit. Was findest Du an diesem Wunsch unfair? Wir sind es, die Fehler gemacht haben. Du sagst, wie gut gelaunt er im Heim war. Später kam unsere Bitte, sein Leben zu durchleuchten«.

»Deine«.

»Was meinst Du?«.

»Deine Bitte. Du wolltest alles von ihm erfahren«.

»Danke, Eddy. Bis zur jetzigen Stunde glaubte ich, dass unsere Freundschaft frei ist von Vorwürfen und Schuldzuweisungen. Ja, ehrlich gestehe ich, dass ich mich verantwortlich fühle, dass Kuddel vielleicht stirbt und

Jenny nach dem Tod ihres ersten Mannes ihren zweiten ›Herzbuben‹ verliert. Danke für unseren Zusammenhalt«.

Ich drehe mich um, sodass er meine Tränen nicht sieht.

Schätzungsweise würde er mir unterstellen, sie gezielt einzusetzen, um ihn zu manipulieren.

Ich scheiße auf Freundschaft, wenn sie brüchig wird, sobald gravierende Probleme auftreten.

Bis ich seine Pfote auf meinem Rücken spüre und sein Wimmern höre.

Das kann niemand spielen.

»Entschuldige, ich bin ein Trottel. Wie musst Du Dich fühlen nach dem, was ich gegen Dich einsetze? Ich begehe Fehler, wenn ich was nicht verstehe, wie diesen Suizidversuch. Der Einzige, der unfair ist, bin ich. Es tut mir leid. Ich stoße an meine Grenzen, Mo. Wir geraten endlos in Schwierigkeiten, bei unserem Versuch zu helfen. Ich bin nicht dieser Starke, den nichts umhaut, den Du in mir siehst und an dem Du Dich festhältst und orientierst, sobald Du nicht weißt, wie es weitergeht. Ich wünschte, ich könnte mehr für Dich da sein«.

Ich scheiße doch nicht auf Freundschaft.

Diese Liebe zu ihm findet volle Bestätigung.

Sanft geht er mit mir um, und er hütet mein Herz. Mehr Stärke kann er nicht beweisen.

Ich kuschele meinen Kopf an seine Brust.

Diese Nähe ist es, die uns zusammenhält.

Kuddel sollte es bei Jenny genauso tun.

Zwischen ihnen existiert ein Band, das ihm ein neues Leben schenken wird, sollte es Reißfestigkeit beweisen.

Koffer

Unter dem Vorwand, ihrem Lebens-
gefährten Kleidung vorbeizubringen,
schmuggelt uns Jenny in einem Koffer ins
Krankenhaus, nachdem wir sie bekniet haben,
Kuddel besuchen zu dürfen.

Die Qualen, auf engstem Raum zusammen-
gepfercht keine Luft zu bekommen, nehmen
wir in Kauf, wenn sie mich auch an meine erste

große Reise von Tibet nach Deutschland erinnern.

Seinerzeit war es ein Flugzeug, das mich ängstigte, heute ist die einzige Erschütterung das Gewackel, das Jenny praktiziert. Merkt sie noch was?

»Eddy?«, flüstere ich.

»Du musst beim Essen mehr auf Deine Linie achten«.

»Du hast Sorgen angesichts dieses Asphalt-Schrubbens«.

»Sie hat Probleme mit Deinem Gewicht. An mir kann das schlecht liegen«.

»Schwerer Knochenbau in einem Astral-körper, Du verstehst? Jenny muss sich zusammenreißen. Sie macht aus einer kurzen Tour eine Weltreise«.

Unsanft landet der Koffer am Boden.

Zuerst vermute ich, dass sie die Nase voll hat, bis wir Kuddels Stimme hören.

Wir sind bei ihm.

Statt uns herauszulassen, sind die zwei mit Küsschen und Plappern beschäftigt.

Nicht ihr Ernst.

Ich boxe mit voller Kraft gegen die Kofferwand, bis unser Versteck umkippt und sich öffnet.

Der Blick von Kuddel, ich werde ihn die nächste Zeit nicht vergessen.

»Hallo«.

Ich rappele mich auf, um Eddy die Möglichkeit zu geben, hochzukommen; platt liege ich auf ihm.

»Sag Du noch einmal, ich wiege viel«, schüttelt er seine Beine zur Entlastung.

Unser Kuddel liegt da, blass und erschöpft sieht er aus.

Jenny sitzt an seiner Seite und hält seine Hand.

Ein Bild, das absolut nicht passt zu dem, was geschehen ist.

»Schiffskoch warst Du nicht«, lacht Eddy.

»Nein. Du weißt das, aus welchem Grund?«.

»Du beherrschst das Schneiden nicht«.

Ich könnte ausrasten.

Im Angesicht des Todes ist kein Raum für Scherze, was Kuddel unverkennbar anders sieht.

»Ich gebe das Üben nicht auf und steigere mich. Dies war die beste Verbesserung seit Langem«.

»Es war nicht Dein Erster?«, fragt Jenny entsetzt.

Kuddel schüttelt schuldbewusst den Kopf.

»Ohne Frage war es der schwerste«.

Um unentdeckt zu bleiben, holt uns der Patient unter seine Bettdecke und wir hören aufmerksam zu, als er sich bei seiner Freundin entschuldigt.

»Ich liebe Dich; glaube ich zumindest. Belogen habe ich Dich nicht«.

»Du weißt nicht, was Du für mich fühlst?«.

»Ich weiß nicht, wie sich Liebe anfühlt. Ja, die für eine Mama und gegenüber der Familie. Aber zu einer Frau auf Augenhöhe? Ich hatte nicht viele Beziehungen, ab und zu ergaben sich flüchtige Bekanntschaften. Vorwiegend suchte ich mir schwache Frauen aus, weil ich auf diese Weise nicht konfrontiert wurde mit meinen Unzulänglichkeiten«.

»Was muss ich tun, um Dich glücklich zu machen?«.

»Herrje nein. Nicht Du musst was tun. Meine Vergangenheit holt mich ein. War ich sonst schneller, hat sie mich gegenwärtig überrollt. Das Messer habe nicht ich zur Hand genommen, es war mein ›Inneres Kind‹«.

»Dein was?«.

Ich schüttelte die Decke über meinem Kopf zur Seite.

»Schiebe es nicht ab. Das Kind in Dir würde dem Großen nichts antun. Du bringst es mit um. Das war der Kaputte in Dir, nicht das zarte, kleine Wesen, das unentdeckt geblieben ist über Jahrzehnte«.

Entsetzt gucken mich Eddy und Jenny an. Einzig Kuddel weiß, was ich meine.

»Würde es leben, könnte es andere Entscheidungen treffen. Es ist tot und wollte mich nachholen«.

»Verdammt, es ist nicht gestorben. Verbarrikadiert lasse ich gelten. Weil Du es zugelassen hast«.

Seine Hand streichelt mein Fell.

»Wie rette ich es?«.

»Du musst ihm vergeben. Nicht das, was passiert ist, sondern wie sich das Kind dem Leben entzog. Kuddel, Du warst auf dem richtigen Weg. Mache nicht den Fehler, zu viel zu wollen. Das kann der Erwachsene in Dir nicht stemmen. Wollen wir Deine Schwestern besuchen?«.

»Wie soll das gehen?«.

»Sagt mir jemand, was hier los ist?«.

Jenny ist sichtlich überfordert von unserem Dialog.

»Du hast Geschwister? Ich denke, keiner aus Deiner Familie hat Dich überlebt«.

»Schatz, das ist eine lange Geschichte. Zu früh, um es zwischen uns zum Thema zu machen. Ich will Dich nicht verletzen. Einzig Mo kann mir momentan helfen«.

Es erfüllt mich mit Stolz, zugleich fühlt es sich falsch an, dass sich ein schlechtes Gewissen Jenny gegenüber breitmacht.

Ich bediene mich einer notgedrungenen Lüge.

»Kuddel und ich haben mit einem Spiel begonnen. Eine Art ›Geocaching‹«.

»Findet Ihr das angemessen, wenn es in einem Selbstmordversuch mündet?«.

»Wir ändern die Spielregeln, stimmts ›Geocacher‹? Zuerst besuchen wir Alina, anschließend ›Miss Unknown‹«.

Dieser zufriedene Gesichtsausdruck von ihm lässt mich hoffen, dass alles noch gut ausgehen wird.

»Alina? Unknown? Eddy, weißt Du, wovon sie es haben?«.

»Keine Ahnung, Jen. Es hört sich nach einem verdammt guten Plan an, Deinen ›Ich weiß noch nicht, ob ich Dich liebe Knut‹ abzulenken«.

»Muss ich Dich wiederholt an Orten wie diesen besuchen, ist Schluss zwischen uns, hörst Du?«.

»Es kommt der Durchbruch, mit dem er das Schneiden beherrscht. Wir bringen ihm weiße Nelken«, springt Eddy in seinen ›Comedy-Modus‹, den Kuddel merkwürdigerweise nicht aufgreift.

»Ich weiß, was Du an meiner Seite durchmachst, Jenny. Ich verspreche Dir, dass ich alles versuche, um Besteck nicht erneut zweckentfremden zu müssen. Ich brauche Zeit, um Dir zurückgeben zu können, was Du für mich tust«.

Jennys Kuss ist eine erste Versöhnung.

Es ist dieser Moment, in dem man sich überflüssig fühlt und gehen muss.

Nur sind uns die Pfötchen gebunden, angesichts des Tierverbotes in der Klinik.

»Wer küsst da? Der Mann oder das Kind?«, sprengt Eddy diese romantische Szene.

Kuddel lacht.

»Ich hoffe auf den Erwachsenen. Erfahrungen besitzt weder der eine noch der andere. Wie geht es ›Omama‹?«.

Jenny berichtet, wie ihre Mama gelitten habe angesichts der Geschehnisse und dass sie es nicht abwarten könne, ihr zu berichten, dass er auf einem guten Weg sei.

Aus jedem seiner Worte spricht diese tiefe Verbundenheit zu ›Omama‹ und langsam begreift er, wie vielen er Leid zufügt.

Mich bittet er um das weitere Lesen in seinen Tagebüchern, um noch was zu entdecken, dass ihn liebenswerter dastehen lässt.

Wenn er wüsste, wie lieb ich ihn seit Längerem habe.

Wir wissen, an welchem Punkt wir ansetzen und weitermachen, sobald er zu neuen Kräften kommt.

»Danke Mo«.

»Für nichts musst Du Dich bedanken. Ungeachtet dessen ist eine Entschuldigung überfällig«.

»Für das hier?«.

Er zeigt auf sein Handgelenk.

»Später mit an Sicherheit grenzender Wahrscheinlichkeit in Richtung Deiner Herzallerliebsten. Bei mir, dass Du mich in den Himmel gelobt hast, indem Du Dein erstes Modellschiff nach mir benanntest, um es zu zerstören. Meine Ehre wurde mit Deiner Faust ausgelöscht«.

Kuddels Augen sind schlagartig feucht und glasig.

»Es zieht sich durch mein Leben. Was mir viel bedeutet, habe ich nicht verdient und muss es wegmachen«.

»Ich bekomme Angst«, mischt Jenny sich ein.

»Vor Dir habe ich Halt gemacht und es gegen mich gerichtet. Es muss dringend was passieren und ich spüre, dass Eddy und Mo mir in einer Weise helfen, die ich nicht für möglich gehalten habe«.

»Erst mal sind wir dankbar, dass Du überlebt hast, wenn das auch heißt, dass Du uns weiter auf die Nerven gehst«.

Eddy zieht ein Fazit, von dem ich den ersten Satz genauso sehe.

Die Zeit vergeht wie im Fluge und die Besuchszeit endet. Kein Weg führt vorbei an dem Einsatz des Horror-Koffers.

»Habt Ihr mir keine Klamotten mitgebracht?«.

Kuddel blickt ins Innere.

Gähnende Leere.

»Sorry, Schatz. Ich komme morgen ohne die zwei ›Moppelchen‹, sodass der halbe Kleiderschrank hier reinpasst«.

Dass die zwei lachen, ärgert Eddy wie mich.

»Jenny?«, brüllt mein Kumpel.

»Ab in den Koffer. Das ist wie Geocaching. Wenn wir halb so überfordert sind wie Du am

Transport eines simplen Koffers, wirst Du tagelang das Bett hüten, mit Drehschwindel und Angstzuständen«.

»So schlimm?«, wagt sie nachzuhaken.

»Ihr Armen. Ich will keinen Vorteil ausspielen, aber wenn die vom Krankenhaus Euch hier entdecken, erwartet Euch ein Donnerwetter. Zugegeben, auf dem Hinweg seid Ihr verdammt schwer gewesen. Verständlich, bei den Steinen, die auf Euren Herzen lagen. Sind wir nicht alle erleichtert? Ich scheitere nicht mehr am sicheren Transfer. Ihr merkt nicht, dass Ihr nicht auf Samtpfoten lauft«.

Sie zieht sich ihren Pulli über den Kopf, um uns den Koffer zu polstern.

»Ihr vertraut einem kaputten Seefahrer«, erreicht sie das Humorlevel ihres Freundes.

»Mir könnt Ihr vertrauen. Kommt, krabbelt hinein. Ihr werdet nicht spüren, wann ich mich in Bewegung setze«.

Ihre Worte überzeugen.

Nach einer herzlichen Verabschiedung von unserem Kuddel kuscheln Eddy und ich uns in den Pullover, bis es dunkel um uns wird.

Ehrlich?

Mein Vertrauen ist erschüttert.

»Eddy? Das poltert mehr als vorher. Wie kann man so grob sein?«.

»Sie gibt ihr Bestes«.

»Dann will ich nicht das Schlechte kennenlernen«.

»Jeder muss derzeit Opfer bringen. Denk darüber nach, dass Du Dir eine Seereise wünschst. Diese Tortur hier ist harmlos gegen einen hohen Wellengang«.

So habe ich das nicht gesehen.

Überstehe ich den Rückweg zum Auto, besitze ich die Qualifikation zum Seefahren?

Schlagartig verschwindet das Grummeln in der Magengegend und weicht einem Gefühl von Entspannung.

Seekrank werde ich nicht.

Wellen versus Koffer-Hieven, ich erkenne keine großen Unterschiede.

Als Jenny Licht hineinlässt, lächele ich sie selig an.

»Ahoi. Feuertaufe gelungen. Ich bin der geborene Seehund«.

»Er hat mit Bravour seine Abschlussprüfung abgelegt«, entknotet Eddy die strickförmigen Fragezeichen über ihrem Kopf.

Ob sie uns verstanden hat oder nicht, ist für den Moment nicht von Bedeutung.

Tresor

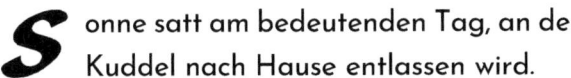onne satt am bedeutenden Tag, an dem Kuddel nach Hause entlassen wird.

Er kommt zurück und mit ihm diverse Aufgaben, die anstehen.

Es darf sich nicht wiederholen, was geschehen ist.

Solo ist er nicht unterwegs, wenn er auf sich aufpassen muss.

Eddy und ich haben uns zum Ziel gesetzt, ihn aufmerksam zu beobachten, um Zeichen schnellstmöglich zu erkennen.

»Eddy? Warst Du mit von der Partie, als ›Mama‹ von einer Tresor-Übung gesprochen hat?«.

»Da war was, erinnern tue ich es nicht komplett. War das ein ›Psycho-Gedöns›, wie Du es nennst?«.

»In dem Fall benenne ich das um. Es hat was Gruseliges, mit Psyche konfrontiert zu werden.

Auf dem Dachboden steht ein Tresor. Meinst Du, ich kann ihn Kuddel schenken?«.

»Schätzungsweise nicht. Ich wüsste nicht, dass er ausrangiert werden soll«.

»Er ist klein. Meinst Du, es würde jemandem auffallen, wenn er seinen Standort wechselt?«.

»Was soll er mit einem Ding aus Stahl?«.

»Traurige Gedanken zu Papier bringen und im Tresor verschließen«.

»Macht man das nicht in Gedanken? Es handelt sich um nichts zum Anfassen, Mo. Er kann Bilder und Erinnerungen verschließen, das geschieht hier oben«.

Eddy tippt sich an die Stirn.

Wenn unserem Seemann die Vorstellungskraft fehlt, bewerte ich einen Tresor, den er sehen und berühren kann als klaren Vorteil.

Ich muss angesichts des Gewichtes von dem Stahlteil meinen Buddy auf meine Seite ziehen.

Er sträubt und wehrt sich mit allen Pfoten.

»Frage unsere Frauchen, ob sie auf ihn verzichten können«.

»Ich traue mich nicht. Lange dauert es nicht und sie sitzen in einem Haus ohne Mobiliar bei allem, was ich ständig benötige«.

»Wälze das nicht auf mich ab. Ich klaue nicht für Dich«.

»Du tust das nicht für mich, denk dran«.

Ein harter Knochen, der mit purer Verweigerung auftrumpft.

Eine unserer ›Mamas‹ kommt um die Ecke.

»Alles gut bei Euch?«.

»Nicht wirklich. Mir tränen die Augen und es geht mir schlecht«.

Ich muss überzeugend sein und hoffe, dass mich mein Simulieren von Symptomen nicht auf geradem Weg in die Tierklinik führt.

»Du Armer, hast Dir einen Infekt eingefangen, was?«.

»Ich tippe auf eine Allergie. Der Hasso von drüben hatte dasselbe. Die Familie von ihm musste den Haustresor abschaffen, weil in dem Material ein Stoff enthalten war, der ihrem Vierbeiner Schaden zugefügt hat«.

»Was es alles gibt«.

Meine ›Mama‹ streichelt mich.

»Wir haben unseren seit Jahren, an ihm kann es nicht liegen«.

»Bei Hasso war es ähnlich. Die Beschwerden kamen über Nacht. Unser Tresor muss weg. Ich halte die laufende Nase und tränenden Augen nicht länger aus«.

»Nächste Woche ist Sperrmüll. Wir entsorgen ihn«.

»Eine ganze Woche soll ich mich quälen? Wollen wir ihn nicht bei Kuddel unterbringen? Die haben so viel Platz«.

»Wir müssen ihn zuvor fragen«.

»Quatsch. Er hat was gutzumachen nach seinem Lebens-Fluchtversuch«.

Es war leichter als gedacht.

Das Ding steht auf einem Fahrradanhänger und wird in sein neues Haus chauffiert.

Es muss Schicksal sein, dass wir zeitgleich mit dem Taxi eintreffen, das Kuddel von der Klinik abgeholt hat.

Er strahlt, als er uns erblickt.

»Was für ein Empfangskomitee. Ich bin hocherfreut. Was fahrt ihr spazieren?«.

Ehe meine ›Mamas‹ ihn mit meiner Erkrankung langweilen, reiße ich die Antwort an mich.

»Diesen Tresor musst Du für uns aufbewahren, ich erkläre es Dir, wenn wir in Deinem Zimmer sind«.

»Du machst mich neugierig. Da ist Tobi. Hey, komm her, wir müssen die Kiste aus Stahl in meine Bude bringen«.

Die zwei hieven das Ding die Treppe hoch.

Als ahne Kuddel die Bedeutung, stellt er ihn ans Fenster, neben sein Bett.

Der Gedanke, dass er traurige Gedanken wegschließen kann, ein Fenster öffnet und Luft holt, gefällt mir.

»Ich muss mit meinem Piraten Wichtiges besprechen. Wartet Ihr unten?«.

Ich schiebe Tobi, Eddy und unsere Frauchen aus dem Zimmer.

Peng.

Tür zu.

Zeitnah erkläre ich Kuddel die eigentliche Bedeutung dieser Aktion und ihn berührt, wie ich mich um seine Seele bemühe.

»Wenn mir das Essen nicht schmeckt, gehört das nicht da rein, falls ich Dich ausnahmsweise verstehe«.

»Packe alles rein, was Dich belastet. Du musst Ballast loswerden. Wenn schlechte Mahlzeiten dazuzählen, entsorge sie. Du entscheidest, was Du wegschließen willst. Es ist eine Übung und ersetzt unsere Gespräche nicht«.

»Das hoffe ich. Du bist toll, Mo. Wie geht es mit uns weiter?«.

»Erst mal gibst Du die Messer da hinten an Jenny zurück. Die gehören in die Küche und nicht in Kinderhand«.

»Wird gemacht. Und anschließend?«.

»Ruhst Du Dich aus, bis Du Dich in der Lage siehst, Alina zu besuchen. Wir machen das gemeinsam«.

»Mir macht die Vorstellung Angst«.

»Alles andere würde mich entsetzen. Meine größten Probleme sehe ich in den Besuchen von Friedhöfen. Diese Endgültigkeit. Für Dich überwinde ich meine Barrieren. Du musst mit ihr sprechen. Kürzlich musste ich mich auseinandersetzen mit der Vorstellung, dass Seelen weiterleben. Alina wird Dich vermissen«.

Kuddel hält eine Hand an sein Herz, nicht weil er Beschwerden deutlich machen will.

Es hat was Friedliches.

»Erübrigst Du morgen Zeit für Alina und mich?«.

Ich freue mich über den positiven Verlauf unseres Gespräches.

»Wir haben ein Date, Kapitän«.

Kuddel lacht und lässt mich aus dem Zimmer.

Als ich die Treppe herunterlaufe, werde ich unbeabsichtigter Zuhörer, als Eddy unseren Frauchen verrät, dass ich von vornherein den Plan verfolgte, den Tresor zu verschenken.

So eine Petze.

»Wir kennen Mo. Dass für seinen Tränenfluss der Wassernapf verantwortlich war, war nicht zu übersehen. Die Tropfen am Fußboden drumherum haben ihn schnell verraten. Hinzu kommt, dass der Tresor in der obersten Etage stand, in der Ihr Euch nie aufhaltet. Schnell haben wir uns für die Option entschieden, auf den Koloss zu verzichten statt auf unseren glücklichen Kleinen. Keiner weiß, ob es Kuddel nicht tatsächlich hilft«.

Ich tue, als ob ich von dem Gespräch keine Kenntnis habe und warte ein paar Minuten, bis ich nach unten laufe.

Wohlig wärmt mich, dass ich meiner Familie dermaßen wichtig bin.

Unvergessene Alina

Der frühe Shih Tzu fängt den Wurm.

In den Morgenstunden flitze ich durchs Haus.

Das mag für Dich nichts Ungewöhnliches sein, weil Du nicht weißt, dass ich ein Langschläfer und vor fünfzehn Uhr nicht ansprechbar bin.

Ausnahmen mache ich für wichtige Menschen und bedeutende Unternehmungen.

Ich benötige ein Mitbringsel.

Alina wäre heute eine Frau in gesetztem Alter.

Erneut scheitere ich an Fragen, die ich mir nicht beantworten kann.

Wenn die Seelen weiterleben, ist Alinas heute erwachsen?

Ist der Geist auf dem Niveau des kleinen Kindes, das viel zu schnell ihr Leben geben musste?

Unmöglich kann ich Kuddel fragen.

Was schenke ich, was alle Altersstufen bedient und freut?

Ich höre eines meiner Frauchen aufstehen.

Schnell laufe ich zu ihrem Zimmer.

»Kannst Du nicht schlafen, Mo?«.

»Ich habe keine Zeit. Setz Dich, ich erkläre Dir den Grund«.

Sie hört aufmerksam zu, als ich ihr die Geschichte rund um den Unfall erzähle.

Wie ich vor Kurzem ist sie wie erstarrt als sie erfährt, was Kuddel miterlebt hat, obwohl ich den Suizid seines Vaters mit den niedergeschriebenen Vorwürfen vorerst unerwähnt lasse.

Gemeinsam überlegen wir, was ich am Nachmittag niederlegen könnte.

Unsere Wahl fällt auf einen großen Schutzengel aus Holz, den Eddy, der zwischenzeitlich zu uns gestoßen ist, mit Klarlack bearbeiten wird.

Wir bekommen noch ein Dekorationsstück, eine kleine Holztruhe, die Platz für Persönliches lässt.

Wie wäre es mit einem Brief?

Während mein Kumpel - in Zusammenarbeit mit unseren Frauchen - dem Engel einen neuen Schliff verpasst, ziehe ich mich mit Stift und Notizblock zurück.

Die ersten Versuche landen von Pfötchen zerknüllt auf dem Boden.

Weder bin ich Profi in Schönschrift, noch erkenne ich bei mir ein Talent zu aussagekräftigen Texten.

Ich stehe kurz davor aufzugeben und muss die Wut in mir extrem bremsen, als ich zu den anderen laufe.

»Drei für einen Engel? Ihr seid, dass müsst Ihr zugeben, überbesetzt«.

Lange muss ich nicht um Hilfe bitten und sage vor, was auf dem Papier zu stehen hat.

Liebe Alina,

wir hatten nicht das Glück,

Dich kennenlernen zu dürfen.

Ein Verlust, wenn man erfährt, was Du für eine

besondere Kleine gewesen bist.

Deinen großen Bruder haben wir eng bei uns, und

wir passen gut auf ihn auf.

Dieses Beschützende trägt er noch in sich, und Du

musst spüren, dass er Dich zu keinem Zeitpunkt

alleingelassen hat.

Wir stellen Dir den ›Engel Knut‹ auf die Erde.

Wenn Du mit dem Schicksal haderst, wie Dein

Bruder es tut, zeigt ›K-Engel‹, dass nichts Euch

trennen kann.

Eddy, mein Kumpel-Terrier, würde es lieben, mit

Dir zu spielen.

Er klaut für sein Leben gern das, was andere ihm

nicht freiwillig überlassen.

Im Gegensatz zu ihm bin ich ein schüchterner Shih

Tzu und bevorzuge kuscheln.

Alles würde ich geben, Dich aufwecken zu können,

um zu schauen, ob Du Zauberhände besitzt.

Deine Eltern sind bei Dir, was uns und vorrangig
Deinen Bruder tröstet, der einsam zurückgeblieben
ist, als schwerste Prüfung seines Lebens.

Er schlägt sich gut, wenn er sich auch ein
Wiedersehen mit seiner Familie wünscht.

Wir hoffen, dass er noch wartet.

Er wird nachkommen, versprochen.

Habt Ihr ›da oben‹ Zeit?

Mit herzlichen Pfötchen-Tupfern.

Eddy und Mo

Richtig gut gelungen finde ich meinen Brief
nicht, während meine ›Mama‹ das Gegenteil
betont.

Das muss Liebe sein, dass sie alles positiv
bewertet, was ich tue.

Knicken, in die Truhe stecken und loslassen.

»Der Engel ist fertig«, ruft Eddy erfreut zu
uns rüber.

Das nenne ich Timing.

Als hätten sie bei meinem Diktat zugehört,
trägt der Beschützer auf Brusthöhe Kuddels

echten Namen, mit einem Herz und Anker versehen.

Mehr als zufrieden mit dem Ergebnis freue ich mich auf den heutigen Besuch, ungeachtet dessen, dass ich um Friedhöfe sonst lieber einen großen Bogen mache.

Wir haben keine Uhrzeit ausgemacht und keine Absprache getroffen, wer wen abholt.

Gedankenverloren sitze ich unruhig im Wohnzimmer und warte, ob automatisch was passiert.

Fürwahr dauert es nicht lange, bis es an der Haustür klingelt.

Es versetzt mich entgegen meiner Befürchtung, einen Rückzieher zu machen, nicht in Panik.

Auf dem ›toten Gelände‹ suchen wir nach Alina und geraten ins Schwitzen, als wir alle Kindergräber durchkämmt haben.

»Du irrst Dich nach der langen Zeit. Lag sie wirklich hier?«.

»Ich zweifele nicht eine Sekunde, Mo. Hier war das Grab, an diesem hohen Baum. Als

Jugendlicher saß ich auf dieser Bank und sprach mit meiner Prinzessin«.

Er deutet auf einen Grabstein, der einen anderen Namen trägt.

»Du Kuddel? Du hast unsere Bücher gelesen. Sagt Dir die Geschichte von Leonie was? Sie verlor ihren Bruder. Erstmals wurden wir mit Kindergräbern konfrontiert. Ich erfuhr, dass diese Stätten auf Zeit gepflegt und aufrechterhalten werden. Sie sind nicht für die Ewigkeit, vermute ich«.

Ich merke, wie entmutigt Kuddel sich vor das fremde Grab kniet.

»Hi Marc. Ihr müsst Euch dieses Reich teilen, wie ich sehe. Beruhigend, dass meine Alina einen Kumpel da unten hat. Wenn Du keine Einwände hast, würde ich mit ihr sprechen. Kannst Du weghören? Diese Worte gehören einzig ihr und mir«.

Es berührt mich, als Kuddel seine Tasche öffnet und einen Teddy hervorzieht.

»Guck, Alina, ich habe ihn für Dich aufbewahrt. Lange hat er es bei mir ausgehalten, heute wollte er zurück in Deinen

Arm. Wenn Du denkst, Teddys weinen nicht, liegst Du falsch. Ich glaube, dass ich Tränen an seinen Wangen gesehen habe. Nicht auszuschließen, dass es meine waren, als ich ihn festhielt. Nichts von unserer gemeinsamen Zeit lässt mich los«.

Kuddel weint und wischt sich übers Gesicht.

»Alina, verstehst Du es, dass ich beginnen muss zu leben? Einiges muss ich tief in mir in Ordnung bringen. Wenn Du vorerst an einem anderen Ort lebst, trennt es uns nicht. Als wir klein waren, war ich zu jung, um Dir sagen zu können, wie glücklich ich war, Dich zu haben. Du hättest es seinerzeit noch nicht verstanden. Autos hasse ich bis heute, und ich bin überzeugt, dass uns das verbindet. Eines hat mir Dich genommen, was ich dem Leben nicht verzeihen werde. Neben Deinen Lieblings-Teddy stelle ich Dir was Einzigartiges. Alina, schau. Dieses Schiff habe ich heimlich gebaut. Es war mein erstes Modell, das von vornherein für Dich geplant war. Viel zu schade für eine Vitrine. Es muss hinaus in die freie Natur.

Wenn Du mich brauchst, spring drauf und lass Dich zu mir bringen«.

Kuddel erhebt sich und geht ein paar Schritte, während ich mir das Boot ansehe.

Atemberaubend in den Farben Lila und Pink mit den Aufschriften ›MS Alina featuring Eddy, Mo und Kuddel‹.

Eine andere Art ›Traumschiff‹.

Ich schiebe den ›Engel Knut‹ mit dem Brief an dieses einzigartige Mitbringsel, was Kuddel nicht verborgen bleibt.

Er setzt sich zu mir.

Während mich eine Hand streichelt, öffnet er mit der anderen die kleine Truhe, holt den Zettel hervor und liest.

Wir teilen die gleichen Gedanken und mein Herz ist nicht leichter als seins.

Weinend fragt er, womit er Eddy und mich verdient habe.

»Ein hartes Stück Arbeit, Dein Selbstwert zu stärken. Du bist ein besonderer Mensch, ›Kuddelchen‹. Stolz machst Du mich, dass Du diesen wichtigen Schritt mit mir teilst«.

Blick ins Tagebuch

*K*uddels Bitte, ein paar Tage für sich sein zu dürfen, verstehe und respektiere ich. Wie fülle ich die Zeit?

Nach Rückzug ist mir mittlerweile genauso.

Schnell ein Tagebuch schnappen und in der hintersten Ecke des Gartens in der Sonne in die Fremden der Meere abzutauchen, klingt nach einem ausgefeilten Plan.

Müsst Ihr als Menschen das Blättern lernen?

Wir leben in einer Zeit der fortschrittlichen Technik. Eine ›Umblätter-Maschine‹, wieso kam noch niemand auf diese Idee?

Nicht alles ist im E-Book-Format erhältlich.

Wie ich mich anstrenge, meine Pfötchen überblättern ständig.

Ein Foto fällt durch meine Ungeschicklichkeit auf den Boden.

Was für ein glückliches und attraktives Paar, denke ich, und vermute, dass es Kuddels Eltern in jüngeren Jahren zeigt.

Als ich es umdrehe, traue ich meinen Augen nicht.

Knut und Emily?

Was hat es mit dem Bild auf sich?

Glaube ich alles, was Kuddel erzählte, hat es keine wichtige Frau in seinem Leben gegeben.

Warum sieht es nach dem Gegenteil aus?

Es zerfleischt mich, dass ich beginne, an seiner Aufrichtigkeit zu zweifeln.

Es muss sich um seine Halbschwester handeln, was hieße, dass kontrovers zu seiner Aussage Kontakt bestanden haben muss.

Verwirrt lege ich den mysteriösen Schnappschuss auf das Buch.

Wo ist Eddy?

Ohne seine Hilfe stagniert meine Fähigkeit zum Schlussfolgern.

Meistens ist er weit entfernt, wenn ich ihn brauche, doch er scheint gespürt zu haben, dass ich in einer mentalen Sackgasse stecke.

Ich erschrecke, als ich losrennen will, um ihn zu holen und erkenne, dass er hinter mir sitzt.

»Wie lange bist Du hier?«.

»Die Zeit reichte aus, um zu bemerken, was Dich beschäftigt. Dein Seemann mit Geheimnissen?«.

»Sage lieber mit einem Netz voller Lügen. Du? Ich bewältige das Seitenblättern nicht«.

»Das Lesen gelingt?«.

»Klar. Lieber wäre es mir, zuzuhören, wenn Du vorliest«.

Gespannt erwarte ich die ersten Worte, als Eddy das Buch zwischen seinen Pfoten hält.

Was ich höre, ergibt keinen Sinn.

Kuddel beschreibt eine unstillbare Sehnsucht nach Emily.

Was würde ich geben, bei ihr zu sein?

Wochen wird es dauern, bis ich an Land gehe.

Schafft sie es ohne mich?

Mein Leben umkrempeln?

Packe ich das?

Wie?

Ich bin kein Familienmensch.

Zu meiner Verantwortung muss ich stehen, das weiß ich.

Was ändert sich für mich bei der Vorstellung von einer Frau, einem Kind, einem Haus und Hund?

Entspricht es dem, was ich mir vorstellen kann?

Herrgott helfe mir. Ich bin nicht der Mann, der glücklich macht.

Emily war eine Affäre.

Ein Baby, um das ich mich sorgen muss, sobald es im Alter von Alina sein wird?

Mit der Angst, dass sie nicht älter wird, weil ich versage?

In mir diese verdammten Bilder.

Ich werde sie nicht los.

Hatte ich nicht deutlich gemacht, dass ich an nichts Festem interessiert bin?

Alleinlassen werde ich sie auf keinen Fall, und ich muss mit ihr sprechen.

Diese Zeiten hasse ich, in denen ich abgeschnitten von der Welt bin und beschnitten, um die Möglichkeit zu reagieren und anzurufen, um wichtige Dinge zu klären.

»Hatte er kein Handy, Eddy?«.

»Zu der Zeit gab es diese kleinen Dinger, die den Menschen heute mehr als alles andere bedeuten, noch nicht, Mo. Hinzukommt, dass ein Empfang auf dem Meer nicht uneinge-schränkt möglich war«.

»Er hat nicht die Wahrheit gesagt. Ange-blich habe es keine wichtige Frau in seinem

Leben gegeben. Papa ist er scheinbar obendrein«.

»Ich verstehe nichts mehr, das haben wir gemeinsam. Wo steckt seine Familie? Tun wir Jenny weh, wenn wir Näheres erfahren wollen?«.

Eddy blättert um und es folgen viele leere Seiten.

Die nächsten Sätze handeln von Seenot und der beschriebenen Angst, Abschied nehmen zu müssen.

Mein Kumpel blickt irritiert zu mir.

»Das war es zu Emily. Hier fehlen Monate, schau«.

Er hält mir die Seiten hin und tippt auf das Datum.

»Kannst Du bitte weiterlesen? Da muss noch was kommen«.

Wir erfahren von heftigen Unwettern sowie stürmischen Zeiten und dass Kuddel scheinbar um die halbe Welt gekommen ist.

Abschiede habe es auf See häufiger gegeben. Angeheuerte seien von Bord gegangen und untergetaucht, ohne auf das Schiff zurückzukehren. Man habe die Weiterreise antreten müssen, auf der es zahlreiche Leerstellen gegeben habe durch das Fehlen der einstigen Besatzungsmitglieder.

Ein Kapitel handelt von einem neuen Jobangebot.

»Hörst Du, Mo? Er wurde zum Ersten Offizier ernannt. Kein Matrose, kein Hilfsarbeiter«.

»Auf einem Schiff, wie wir es im Fernsehen gesehen haben?«.

»Was meinst Du?«.

»Dieses große weiße Teil, auf dem die Menschen ihren Urlaub genießen bei Hummer und Champagner«.

»Er beschreibt Eisengüter, Mo. Er muss auf einem Frachtschiff unterwegs gewesen sein«.

Harte Zeiten, ziehe ich ein Fazit, als ich höre, wie belastend es gewesen sei, Zehnmonats-Verträge abzuschließen, die durch einzelne Landgänge unterbrochen gewesen seien.

Er hebt besondere Begegnungen an der Gangway hervor, die viel Raum für Spekulationen bieten.

Was meint er?

Ich war nicht unglücklich und kompensierte Überforderungen mit Leistungen.

Ich war gut darin.

Bis ›DAS mit Fiete‹ geschah.

»Wer ist das?«, schaue ich zu Eddy.

Überfragt wirkend, zieht er eine Schulter hoch.

»Überfordert Dich das Ganze überhaupt nicht, Mo? Emily, Fiete. Ich steige nicht durch. Einzig Kuddel kennt seine Geschichte«.

Mein Buddy bringt es auf den Punkt und ich komme nicht umhin, mit dem Tagebuch-Verfasser weitere Gespräche zu führen.

»Begrüßt Du ihn weiter als den Typen, den er vorgibt zu sein, Eddy?«.

»Selbstverständlich. Dass er Geheimnisse hütet, macht aus ihm keinen anderen. Er bleibt unser Kuddel«.

»Das meine ich nicht. Erster Offizier. Ist das nicht ein zu hoher Rang, um ihn schnörkellos als Kumpel zu sehen?«.

»Nee, bei seinem Lügenkonstrukt hat er sich den Titel erschlichen«, lacht Eddy. »Die Neugier quält mich, wenn ich ehrlich bin. Mir ging sein Theater seit Längerem in Terrier-Manier auf den Geist. Ist Fiete sein Sohn? Es passt alles nicht zusammen«.

Wir legen die Tagebücher zur Seite, weil Ablenkung momentan hilft.

Gut, dass unsere Frauchen den richtigen Zeitpunkt finden für einen kopfbefreienden Spaziergang.

Fiete

Die erste Nachuntersuchung nach Abschluss seiner Chemotherapie beflügelt Kuddel.

Kein Rezidiv erkennbar und gute Laborwerte halten die Prognose auf günstigem Level.

Er lädt unsere Familie zum Eisessen ein.

Der hat Nerven.

Seit Tagen gehen mir zwei Namen nicht aus dem Kopf und er träumt von Stracciatella und Sahnehauben.

Vereinzelt vermittelt sein Verhalten den Eindruck, dass er sich absichtlich mit uns allen umgibt, um mir nicht ausgeliefert zu sein.

Hindern wird mich das nicht, ihm weiter Fragen zu stellen.

Dass er Zuhörer toleriert, ist das gleichzusetzen mit einem Therapiefortschritt?

Vor der Eisdiele werden wir erwartet.

»Wer ist die?«, stoße ich Eddy an und zeige auf eine Frau neben Jenny.

»Eine Frau reicht ihm nicht«, scherzt mein Freund. »Fragen wir sie«.

Gute Idee.

Ich laufe rüber, um die Fremde mit ihrem Namen zu konfrontieren.

»Hi, Emily. Schön, dass wir uns kennenlernen«.

So viel verdutzte Gesichter?

›Emily‹ bückt sich herunter und stellt sich als Carola vor, eine Freundin der Familie.

Falsch zu liegen ist kein Verbrechen und mit einer knappen Entschuldigung, die mir über die Lippen kommt, suchen meine Augen Kuddel.

»Wo ist er hin?«.

»Er ist hereingegangen«, erklärt Jenny »um einen Fensterplatz für uns zu ergattern«.

Eddy flüstert mir zu, dass ich nicht forsch an die Sache herangehen dürfe.

Im Übrigen mache es heute keinen Sinn, ihn mit derartigen Dingen zu konfrontieren.

Mich zurückzunehmen fällt mir seit jeher schwer, das weiß er; ungeachtet dessen nehme ich mir vor, diesen Nachmittag nicht erneut zu stören.

Schnell ist mir langweilig.

Die Großen sitzen am Tisch, während Eddy und mir die Sicht durch zig Menschenbeine versperrt bleibt.

Die Gespräche empfinde ich als oberflächlich, nichtssagend und überflüssig.

Es geht um eine Rehabilitation, die Carola kürzlich hinter sich gebracht hat.

Jenny schwärmt von ›Omamas‹ gutem Gesundheitszustand.

Hätten sie sie bloß mitgebracht, sodass ich dem Sit-in was Positives abgewinnen könnte.

Dass Tobi gestürzt und die hausärztliche Behandlung zielgerichteter gewesen sei als die im Krankenhaus, wen interessiert es?

Heißt es nicht, dass man sich nichts zu sagen hat, wenn Unterhaltungen das Wetter und Krankheiten zum Inhalt haben?

Es wirkt befreiend, als Kuddel was Essenzielles beisteuert.

Man müsse jeden Tag seines Lebens genießen und dürfe nichts verschieben.

Gemeinsame Zeit sei das Wichtigste, das man schenken könne.

»Und Ehrlichkeit«, rufe ich in die Richtung, in der ich ihn vermute.

»Du liegst komplett richtig, Mo«. Seine Hand greift nach unten.

Nee, nach Streicheln ist mir wahrlich nicht zumute.

»Lernt man als Erster Offizier zu lügen, dass sich die Segel biegen?«.

»Ich verstehe Dich nicht«.

Ich komme unterm Tisch hervor, blicke nach oben und schreie ihn vor den Augen aller anderen an.

»Du Mistkerl. Warum tust Du Jenny das an? Es kommt der Tag, an dem Du zu Emily und Fiete zurückkehrst. Willst Du fernab gesund werden, ehe Du in Deinem alten Leben weitermachst? Die Wunden können andere heilen, Deine Schokoladenseite bekommen die, die Dir wichtiger sind als wir«.

Kuddel schiebt seinen Stuhl nach hinten.

Ansehen tut er mich nicht, als er an mir vorbeigeht.

»Feige obendrein« rufe ich ihm nach und provoziere, dass er innehält und sich kurz umdreht.

Die Tränen, die er in den Augen trägt, erweichen mich nicht.

»Wenn Du falsch liegst, dann so, dass es verdammt wehtut. Bedingungslos habe ich Dir am meisten vertraut, ich Idiot. Gib mir meine Tagebücher zurück, Du verstehst sie nicht ansatzweise«.

»Die Opferrolle steht Dir nicht« verteidige ich mich, bis mich Eddy stoppt.

»Es reicht. Mit der Brechstange erntest Du einen Haufen Scherben, Mo«.

»Hör auf Deinen Freund. Er versteht was von verschütteten Seelen«.

Dass Kuddel mich mit diesen Worten hart trifft, weiß er.

War nicht er es, der mir das Gefühl gab, dass keiner empathischer als ich sei?

Im Streitmodus angekommen verspreche ich ihm, seine Familie ausfindig zu machen und mir im Detail anzuhören, was sie von seinem Doppelleben halten.

»Viel Glück, Mo«.

Traurig, leise und heiser klingt seine Antwort.

Jenny, die scheinbar nicht weiß, wie sie mit der Situation umgehen soll, folgt ihrem Partner nach draußen.

Meine ›Mamas‹ schauen mich entsetzt und fragend an.

»Habe ich Euch enttäuscht? Lasst Euch gesagt sein, dass ich es bin, der einen Grund hat, enttäuscht zu sein, weil ich mein Herz für einen Seefahrer geöffnet habe, der ein falsches Spiel treibt. Er ist nicht der, für den er sich ausgibt. Lege ich meinen ›Naiv-Schalter‹ um, sind alle verstört. Ihr solltet es mir nachmachen. Ich meine, damit Euch Rückschläge und Risse erspart bleiben«.

Eddy schüttelt den Kopf.

»Ich gehe retten, was möglich ist«.

Ja, Dummkopf - laufe dem Schummler nach, um ihn in seinem Konstrukt zu bestärken.

Ihr werdet Euch alle reumütig entschuldigen bei mir.

Wer sich entschuldigt, bin ich.

Das Eisessen haben die Schweigenden abge-
brochen und als geschlossene Gruppe Einheit
signalisiert, als sie das Café verlassen.

Draußen bekniet mich Jenny verzweifelt, mit
Kuddel zu sprechen.

Zusammengekauert sitzt er auf dem
Straßenrandstein und wirkt geschwächt,
nachdem er sich zweimal erbrechen musste.

Sie habe ihn gebeten, von Emily und Fiete zu
erzählen, woraufhin er noch trauriger
geworden sei.

»Mo, er hat vor Kurzem seine kräftezehrende Behandlung hinter sich gebracht.

Wir dürfen ihn nicht seelisch dermaßen erschüttern, bitte«, fleht sie mich an.

»Du hast alles getan, um jedem von uns zu zeigen, dass eher die Welt unterginge, als dass er Dir egal wäre. Wie schaffst Du es in diesem Moment, ihn aus Deinem Herzen zu verbannen? Wir wissen nichts Genaues über die Geschehnisse weit vor unserer Zeit«.

Egal?

Er mir?

Wenn sie wüsste …

Langsam bewege ich mich auf ihn zu.

Leicht wird Kuddel es mir nicht machen, mir zuzuhören. Für eine Entschuldigung wird es reichen, hoffe ich.

»Offizier? Ich verzeihe Dir«.

Ich drehe die Schuld um.

Was soll ich sagen? Er grinst und streicht mir über den Rücken.

»Wow, ich bin ein Glückspilz. Setze Dich zu mir«.

Ich bin gespannt auf seine Erklärung.

Weiter zeige ich meinen guten Willen und springe auf seine Knie.

»Warum hast Du mich angelogen, ›Flunker-Kuddel‹?«.

»Womit?«.

»Entweder ist Emily Deine Frau oder Deine Halbschwester. In allen zwei Fällen warst Du unaufrichtig«.

»Erinnere Dich von Kopf bis Pfote. Wann habe ich gesagt, dass es keine Frauen für mich gab? Nichts Festes und Langfristiges, das habe ich betont. Zu den Kurzstorys zählte Emily. Ich bin nicht in der Lage, Dir heute mehr über sie zu erzählen. Es schmerzt, wenn ich an sie und die gemeinsame Zeit denke«.

»Du hast ein Kind?«.

»Nicht mehr«.

»Folglich existierte Fiete in Deiner Fantasie?«.

Kuddel schluckt und sucht nach Worten.

»Ich trage ihn im Herzen«.

»Ich habe richtig gelegen?«.

»Komplett abseits. Auf hoher See verlor ich meinen besten Freund. Fiete und mich verband unsagbar viel. Sein Leben war - wie meins - geprägt von Verlusten und Unwägbarkeiten, weiter hatten wir den Kontakt zu illegalen Drogen gemeinsam. Auf dem Schiff arbeitete er als einfacher Maschinist. Dieser Job hielt uns zusammen, bis ich begann, mich hochzuarbeiten, was ich später unzählige Male bereute. Meine Ambition war ausgeprägter als seine, ich wollte nicht ständig im Dunkeln tätig sein. Fiete brauchte es für sein Ego nicht und es berührte mich, dass er mir zuriet, mit der Bitte, dass wir unsere innige Freundschaft vor den anderen Besatzungsmitgliedern verbergen. Der Neid war groß und er habe nicht gewollt, dass man ihm unterstellt, sich Vorteile verschaffen zu wollen. So trafen wir uns an einigen Abenden im Maschinenraum, um zu quatschen. Ich glaube rückblickend, dass es meine gewählte Art von Therapie war. Anders als das Sprechen heute mit Dir. Du hast mir die Augen geöffnet, Mo, dass ich nicht zu leben begonnen hatte. Fiete hätte Dich auch gebrauchen können. Ich glaube nicht, dass er Kontakt zu seinem ›Inneren Kind‹ hatte«.

»Bring ihn zu mir. Deine Freunde sind unsere«.

»Es ist zu spät. Nach einem anstrengenden Arbeitstag sehnte ich mich nach abendlichem Austausch mit meinem Seelenpartner und betrat den Maschinenraum. Er lag da und rührte sich nicht. Als ich ihn schütteln wollte, bemerkte ich, dass alles Leben aus ihm gewichen war. Ich schrie, schlug um mich und blieb heulend auf dem Herz von Fiete liege. Wie konnte er zulassen, dass es stehen bleibt, ohne an mich zu denken? Für eine Reanimation war es zu spät. Wie Du siehst, ich starb öfters«.

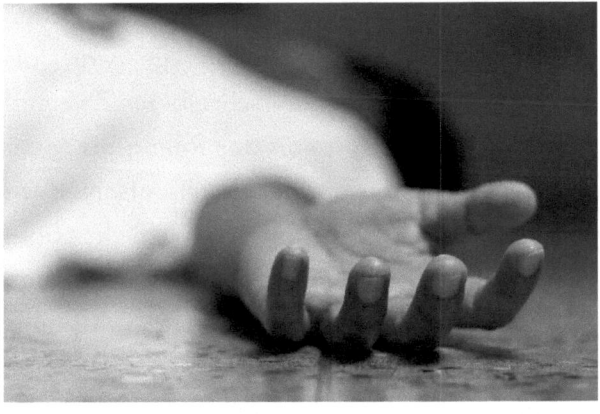

»Es tut mir leid, Kuddel. Was musstest Du alles ertragen? Wie habt Ihr von ihm Abschied

genommen? Bekam er eine würdige See-
bestattung?«.

»Wäre naheliegend, stimmts? Ich als Offizier
musste mich um den Abtransport kümmern.
Wie ein Stück Fleisch wurde Fiete in den
großen Kühlraum gebracht, in dem er
mitgeführt wurde bis zum nächsten Hafen. Ich
ging durch die Hölle. Dass mein Freund tot
mitreiste, hat mir bis heute verunmöglicht,
darüber zu sprechen. Die Belastung war hoch
und zu viel für mich. Mir gelang es nicht,
meinem Tagebuch anzuvertrauen, was für ein
Krieg in mir getobt hatte zwischen
weitermachen und aufgeben. Es war, als
konnte ich nicht mehr schreiben. Zweimal
stand ich kurz davor, von der Reling ins Meer
zu springen. Wie fremdgesteuert entschied ich
mich gegen den Abgang. Was mich abgehalten hat? Ich konnte Fiete an Bord nicht im
Stich lassen, nicht nach alldem, was uns
verband. Ihn begleitet nach Hause zu bringen,
wo immer das auch war, und ihm eine
ehrenhafte Beisetzung zu ermöglichen, das
war eine Herzenssache«.

»Die Sache mit Fiete«, beginne ich zu verstehen und liebe Kuddel für seine feinfühlige und herzliche Art.

Es ist nicht der richtige Zeitpunkt, ihn weiter zu belasten.

Ich werde von Emily erfahren, wenn er es will und für sich braucht.

Langsam hangele ich mich an ihm hoch und lecke ihm die Tränen aus den Augen.

»Danke, dass Du noch hier bist. Hier bei mir«.

Atmen

Wie war das noch mit der richtigen Atemtechnik? Ich spreche von der gesunden Art.

Verstehe ich sie als ein Therapiebaustein?

Mir ist das zu plakativ.

Aus meinen Anfängen in Tibet erinnere ich mich an die Mönche, die Entspannung und Regeneration einzig darin fanden, indem sie meditierten.

Kuddel ›zeigt mir einen Vogel‹, sollte ich ihm mit ein- und ausatmen kommen und dem bewussten Achten auf sich. Ich hasse die Frage, was es mit einem macht.

»Wie viel Leckerli-Geld geht drauf für Eintrittskarten in einen Vergnügungspark?«.

Eddy schaut mich verständnislos an.

»Du bist Dir bewusst, dass wir keinen Zutritt erhalten? Seit Tagen leidest Du mit und wegen Kuddel und denkst jetzt an Spaß?«.

»Gemeinsamen. Er hat es sich verdient. Einen positiven Nebeneffekt erkenne ich, weil er Achtsamkeitsübungen erlernt«.

Mein Kumpel lacht.

»Auf der Schiffsschaukel, nach deren Besuch er vor Übelkeit keinen ›Happy-Burger‹ runterbekommt? In der Achterbahn, in der er den Atem anhält? Wildwasserbahn verbunden mit der Vorsicht, sich nicht klitschnass nach Hause auf die Couch zu sehnen? Du bist ein Herzchen«.

Ich bin mir bewusst, dass ich nicht alles beherrsche und dass zum Erlangen geistiger Gesundheit viel mehr bewegt werden muss als ein paar Fahrgeschäfte.

Auslachen lasse ich mich dem ungeachtet nicht.

»Mama?«.

Ich hole mir einen Rat bei meinem Lieblingsfrauchen. Sie schlägt mir keinen Wunsch ab und ich komme am ehesten über sie an entsprechende Karten.

Überglücklich bin ich über die Information, dass Hunde auf dem Gelände erlaubt sind.

Wir dürfen darüber hinaus gratis mitten ins Geschehen, wenn wir auch an die Leine gehören. Ich finde einen Weg, um an Kuddels Seite die Sause in Angriff zu nehmen.

Ein guter Therapeut lässt seinen Patienten nicht im Stich.

Es ist eine Premiere, dass ich mich freue, ein unterschätzter ›Mini-Hund‹ zu sein.

Ich passe in jeden Rucksack und Tragegurt.

Am nächsten Tag finden wir uns alle auf dem Parkplatz des Vergnügungsparks ein.

Eddy lässt sich von unseren ›Mamas‹ führen, während ich zwischen Kuddel und Jenny laufe.

»Ich habe was Großes vor«, schaue ich an ihm hoch.

»Alles andere würde mich wundern. Wollen wir die Floßfahrt mitmachen?«.

»Die ist Ü60«, amüsiert sich Jenny und fühlt sich schlagartig zu jung für sachte Dinge.

»Da hinten fährt man an einer Stange in schwindende Höhe, verharrt oben kurz, um mit einem Donnerschlag nach unten katapultiert zu werden. Das ist altersgemäß«.

»Eddy und ich dürfen nirgends rein«, bemerke ich traurig.

»Ich muss mit Kuddel in diese riesige Achterbahn. Den Kopf freikriegen und negative Gedanken abwerfen gelingt hier, wenn ich an Deinem Körper klebe«.

Es klappt leichter als gedacht.

In der Jacke, die er bis zu meinem Kopf schließt, fühle ich mich nicht gut aufgehoben und kann soufflieren.

Einatmen, ausatmen, einatmen ...

In Gedanken bereite ich mich vor, während wir Platz nehmen.

Minuten trennen uns von dem Start in die neue Therapie-Runde.

Jenny scheint zu spüren, dass dieser Moment Kuddel und mir gehört.

Mit Eddy und meinen ›Mamas‹ beobachtet sie von unten, wie wir durch die Lüfte schweben.

Achtung, fertig, los.

Habe ich von Schweben gesprochen?

Kuddel juchzt bei jedem Überschlag, während seine Hände mich festhalten.

Mir ist schlecht und ich ziehe meinen Kopf tief in sein Jacken-Innenleben zurück.

Wer denkt im Angesicht des Todes an Atmung?

Millionen Kilometer entfernt bin ich von Meditation und die Mönche in Tibet würden mich ausschließen.

Als das ›Mörder-Geschoss‹ anhält, kriecht in mir Angst hoch vor einer Wiederholung, weil ich sehe, wie viel Freude dieser Mann verspürt.

Haut den gar nichts um?

»Mo? Alles gut da drinnen?«.

Langsam stecke ich meinen Kopf vor.

»Klar«, schwindele ich. »Hast Du geatmet?«.

»Wäre schlimm, wenn nicht. Dein Einver-
ständnis vorausgesetzt, gehen wir zur Schiffschaukel«.

»Der Offizier ist zurück im Dienst, was? Ich
freue mich auf den Wellenritt«.

Zugegeben, ich kannte zuvor keine Freizeit-
parks und trage ein falsches Verständnis mit
mir herum bei meiner Vorstellung von Wasser,
das trägt.

Diese Schaukel ist riesengroß und hängt in
der Luft.

»Kriegen wir keine Schwimmwesten, Kuddel?
Im Fernsehen wird das anders dargestellt«.

»Wir stürzen im Notfall auf Asphalt, nicht ins
Meer«.

Das war die schlimmste Antwort von allen,
die ihm möglich gewesen wären.

Mein Herz rast, von Schweißausbrüchen
begleitet.

»Ich bin Dir nicht böse, wenn wir dieses Schiff auslassen. Dich müssen Erinnerungen quälen«.

»Quatsch, mich hält nichts mehr hier unten. Lass uns abheben«.

Wenn er wüsste, dass ich kapituliere.

Ich verstehe nicht, was schiefläuft. Das kann keinem guttun.

Kuddel sitzt außen, weil er den anderen zuwinken will.

Der hat Nerven.

Die Schaukel setzt sich in Bewegung, mein Magen macht mit.

Hoffentlich fällt es nicht auf, dass ich zum zweiten Male in die Jacke gespuckt habe.

Die Fahrt dauert eine kleine Ewigkeit.

Fix und fertig bin ich knapp drei Stunden später nach weiteren Spaßattraktionen.

Wer bezeichnet sie so?

Eine war schlimmer als die darauffolgende, und atmen konnte ich maximal nach dem unversehrten Aussteigen.

Zur Ruhe gelange ich, als die anderen diese zuvor belächelte Floßfahrt anstreben, während

Kuddel mit Eddy und mir im Gras sitzt und auf das Wasser schaut.

»Wir waren die Tapferen, während jetzt die Vorsichtigen starten«, amüsiert er sich. »Die hätten sich in die Hose gemacht, Mo«.

Wenn er wüsste, ...

»Wir sind stahlharte Kerle«, stelle ich mir kein Armutszeugnis aus. »Die Freude, die Du gezeigt hast, war das Ziel. Es war Dir anzusehen, wie gut es Dir tat«.

»Ein perfekter Tag. Danke. Für den Moment sind alle dunklen Gedanken verschwunden, mein Kopf ist frei, was ich durch nichts erreiche, sobald ich mich gezielt bemühe«.

»Wie hast Du geatmet?«.

Ich muss wissen, ob ich ein guter Lehrer bin.

»Durch den Mund«.

Eddy prustet los.

»Um Nasen- und Mundatmung ging es Mo nicht«.

Kuddel streichelt mich mit einem Lächeln, bedankt sich überaus herzlich und ich bin kurz davor, diesen Tag als Erfolg zu werten, würde nicht dieser Vorschlag folgen, auf dieses Ding zu steigen, von dem Jenny fasziniert war.

Eine Blöße gebe ich mir nicht, wenn ich das Ding auch nicht betreten werde.

»Jenny? Es gehört zur Therapie, dass Du Deinen Freund durch dunkle Tunnel begleitest, um anschließend gemeinsam durchzuatmen. Das tue jetzt bitte. Geht auf dieses ›Creme‹ oder wie es heißt, halte seine Hand und lernt zusammen fliegen«.

»Schisser«, höre ich meinen Kumpel flüstern, während das Paar früher als gedacht auf den Sitzen wartet, dass es losgeht.

Ich ignoriere Eddy und erkenne in seinen Spitzen einen gewissen Neid, dass ich - ihm was voraushabend, - perfekt alles bewältigen konnte.

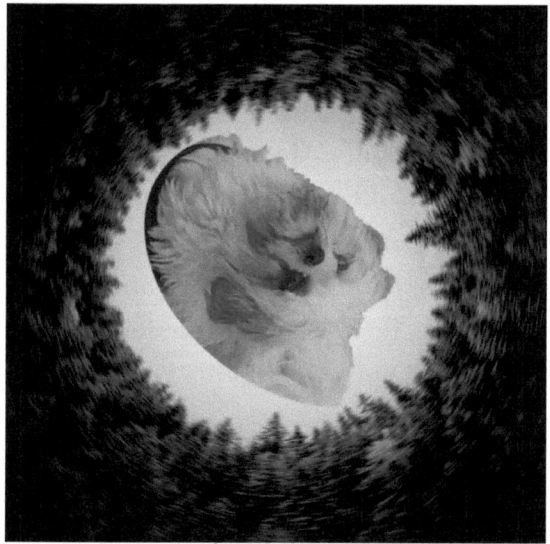

Diesen Tag werde ich lange nicht vergessen, behalte die Eindrücke, die er hinterlässt, aus gutem Grund vorerst für mich.

Jetzt

Kuddel benötigt jüngst nicht viel Zeit, um von sich aus auf uns zuzukommen.

Zwei Tage nach unserem Freizeitparkbesuch steht er mit einem Kuvert vor unserer Tür.

»Jetzt ist der richtige Zeitpunkt«.

»Wofür und warum JETZT?«.

Noch kann ich nichts anfangen mit seiner Äußerung, die in Stein gemeißelt scheint.

»Du wolltest von Emily hören und ich hatte eine Scheißangst davor, über sie zu sprechen. Jetzt will ich sie überwinden, wie Du es getan hast bei der Achterbahnfahrt und den weiteren Vergnügungsrunden, obwohl Deine Panik auf meiner Haut deutlich zu sehen ist«.

Ich vermute, dass er die Kratzspuren meint, die ich hinterließ, als ich mich festkrallen musste, um überhaupt was zu spüren in

Anbetracht der Nahtoderlebnisse, die anderen viel Spaß bereiten.

»Ich habe Euch ein paar Fotos mitgebracht. Mir kommen die schönsten Gedanken, wenn ich sie anschaue«.

Der Sonnenschein lädt zum Herumlümmeln im Garten ein.

Es macht mich unsagbar glücklich, dass Kuddel von sich aus bereit ist Weiteres zu erzählen.

Auf dem Rasen breitet er die angekündigten Bilder aus, die alle eine Frau zeigen.

Auf dem einen erkennt man deutlich, dass sie schwanger ist.

»Hast Du kein Foto von Eurem Kind?«.

Ich muss nicht mehr länger darüber nachdenken, was das alles bedeutet.

Er schüttelt den Kopf und bittet uns, ihn nicht zu unterbrechen, wenn er aus seiner Vergangenheit berichtet.

Unter allen Umständen koste es ihn viel Kraft und er müsse einen Abbruch seiner Bereitschaft befürchten bei jeglichem Stopp des Redeflusses.

Wir versprechen absolute Ruhe und legen uns flach auf den Rasen, während er sich im Schneidersitz auf eine Reise begibt.

»Ich wusste nicht, wie man liebt. Keiner hat es mir beigebracht und je mehr Schlimmes passierte, umso mehr Gefühle starben in mir. Auf einem Landgang, wir waren im Mittelmeer unterwegs, stieß ich mit einer Frau zusammen. Ich sah in ihre Augen und spürte eine Wärme, die ich nicht kannte. Ob es Liebe war? Ich weiß es bis heute nicht. An dem Tag begegnete ich ihr ein zweites und drittes Mal, bis wir übereinstimmend ein Zeichen wie eine Fügung darin sahen. Ein gemeinsames Kaffeetrinken war der Beginn – für mehr blieb angesichts meines straffen Zeitplanes keine Zeit. Beim Verabschieden drückte sie mir einen Zettel in die Hand mit ihrer Adresse und gab mir einen sanften Kuss auf die Wange«.

Kuddel reißt Grashalme aus und ich beiße mir auf die Zunge, um seinen Wunsch zu respektieren, nicht dazwischen zu quatschen.

Ich frage mich nicht ihn, warum er heute nicht mehr bei ihr ist.

Die Fotos sprechen eindeutig von einer Lovestory.

Diese bestätigt er, als er weiterspricht.

»Sie verbrachte in Spanien ihren Urlaub und lebte wie ich in Deutschland, in der Nähe meiner Mama. Die nächsten Wochen erlebte ich ein Auf und Ab. Auf der einen Seite wollte ich sie wiedersehen, auf der anderen mich nicht auf eine Frau einlassen, der ich nichts versprechen und der ich nichts von mir geben konnte. Die Entscheidung nahm mir meine Mutter ab. Ich war zurück an Land, rief zu Hause an und erfuhr, dass meine Halbschwester zu Besuch war. Um nichts in der Welt wollte ich sie kennenlernen und entschloss mich zum Besuch bei der neuen Bekannten. Dort blieb ich sieben Wochen, die nicht leicht waren«.

Hier endet es, dass ich mich zusammenreiße, weiter zu schweigen halte ich nicht aus.

»Warum bist Du nicht früher abgereist?«.

»Wohin?«, fragt er nachdenklich.

»Ich hatte kein Zuhause. Es gab für mich ausschließlich das meiner Mama«.

»Sie waren nicht leicht, aus was für einem Grund?«, kann sich überdies Eddy nicht zurückhalten.

»Es war ein Zuviel an Nähe. Zu schnell ernannte sie mich zur Liebe auf den ersten Blick, sprach von Zukunft und Gemeinsamkeiten, die ich nicht erkennen konnte. Ich mochte sie, darüber hinaus spürte ich was für sie. Ob das Liebe war, konnte ich mir seinerzeit nicht beantworten. Es war viel für mich, dass ich den Wunsch verspürte, sie wiederzusehen«.

Ich tippe mit einer Pfote auf das größte Foto, auf dem Emily einen dicken Bauch vor sich herschiebt, was Eddy für eine verdammt blöde Frage nutzt.

»Der erste Schuss saß?«.

Kuddel lacht.

»›Trampel-Terrier‹«, mische ich mich ein, bis der gekrönte ›Schützenkönig‹ weiterspricht.

»Nach drei Monaten auf See erfuhr ich von Emily, dass ich Vater werde. Vorweg, falls Ihr fragt: Nein, ich habe mich nicht gefreut, jedoch meine Verantwortung erkannt. Ich wollte nicht zu den Vätern gehören, die die gleichen Fehler wie mein eigener begehen. Belastend war der Gedanke, der Seefahrt den Rücken kehren zu müssen, doch mir war bewusst, welche Lebensveränderung ein Kind mit sich bringt. Als ich Mama anrief und sie erfuhr, dass sie Oma wird, hat sie sich megagefreut. Machte ich mal was richtig?«.

Wir erfahren von seinen zwiegespaltenen Gefühlen und den Zweifeln, die ihn fest im Griff hielten.

»Ich verbrachte mit Emily einen tollen Kurzurlaub, als sie im siebten Monat war. Ich liebte sie, beziehungsweise redete es mir unaufhörlich ein. Bis heute kann ich es nicht unterscheiden. Höchstwahrscheinlich war ich verliebt in den Gedanken, eine eigene Familie zu haben. Der ausgerechnete Geburtstermin unseres Kindes fiel auf den Tag, an dem ich das Schiff verließ. Ich schaffte es rechtzeitig, als gefühlt perfekter Partner ihre Hand zu halten, als sie ins Krankenhaus musste. Den Kreißsaal zu betreten war mir unmöglich, ich wartete lieber abseits, trank Kaffee und rauchte Kette.

Und mit einem Schlag ...

Kuddels Lächeln auf den Lippen reißt mich in einen Bann.

»Es ist ein Junge, sagte eine Krankenschwester zu mir. Unglaublich erleichtert, nicht Alina in meinen Stammhalter sehen zu müssen, begann ich glücklich zu sein. Vier Tage später kam Emily mit Yannick nach Hause. Nach Hause, wie das klingt. Ich fühlte es nicht, über Nacht war ich sesshaft. Kommt das von Haft? Der Zufluchtsort bei meiner Mutter schien verloren. Yannick war mein ganzer Stolz und mich überfluteten Ängste, ihn nicht genügend vor Unheil schützen zu können. Versagt hatte ich zuvor permanent. Meine Mama liebte ihren Enkel und schloss Emily als Schwiegertochter in ihr Herz«.

Kuddel blickt in den Himmel und beginnt zu weinen, als Eddy wissen möchte, ob er verheiratet sei.

»Ich wollte sie heiraten. Sie konnte für meine Unfähigkeit, Gefühle zu leben, nicht das Geringste und hatte einen Anspruch auf ihre Rolle als Frau und Mutter. Wir hatten Pläne.

Letztmalig wollte ich einen Achtmonatsvertrag als Offizier annehmen, um anschließend einen Job in der Touristikbranche anzutreten. Ein Plan, der durchkreuzt wurde«.

Was geschehen ist, erschüttert Eddy und mich.

Emily, Yannick und er hätten sich vier Wochen später wiedersehen wollen, so sei es geplant gewesen.

Bis zu diesem ›schwarzen Tag‹ im Kalender.

Guter Dinge sei er gewesen und habe sich gefreut auf die neuen Herausforderungen in beruflicher und familiärer Hinsicht.

Er habe auf dem letzten Landgang seine Freundin nicht erreicht, was noch nichts Ungewöhnliches gewesen sei.

Warum er demungeachtet ein ungutes Gefühl verspürt habe könne er sich bis heute nicht erklären.

Ein Anruf bei seiner Mama sei eine der schlimmsten Erinnerungen an seine Vergangenheit.

Er habe was von Unfall gehört, dem unbeschrankten Bahnübergang am Stadtwald und den Worten wie tragisch, sie habe nicht aufgepasst, es habe für alle zwei keine Chance mehr bestanden, noch am Unfallort seien sie verstorben.

Kuddel sackt in sich zusammen.

»Ich habe geschrien, dass ich mich um Yannick kümmern werde, jetzt, da Emily verunglückt sei. Ich blendete aus, was Mama mir sagte. Was an mir war es, das andere Menschen ins Unglück stürzte? Hatte mein Vater richtig gelegen, dass ich Täter bin und bleibe? Die anschließende Beerdigung fand auf Wunsch meiner Mutter im Familiengrab statt. Es ist anstrengend, mich auf das zu besinnen, was ablief. Warum erinnere ich nicht einen Augenblick mehr von diesem Tag? Mama erzählte mir von der Kirche, dem Bild von Emily und Yannick neben den Särgen, der bewegenden Rede des Pastors und der herzergreifenden Verabschiedung. Ich weiß nicht, warum ich Fotos von Emily bei mir trage und nicht ein einziges von meinem Sohn. Eine Handvoll Monate alt war er. Er hatte ein Leben«.

Kuddel fegt die Bilder mit einem Handgriff zusammen und steht auf.

»Jetzt kennt ihr mich. Knut, der ›Seelenmörder‹. Euch steht es frei zu urteilen und Jenny zu warnen«.

Eddy läuft los und bringt ihn zum Stehen, indem er sich vor ihm aufbaut.

»Du bist ein menschlich Trauriger. Opfer des Schicksals, hört sich viel zu harmlos an für das, was Du erleiden musstest. Mehr und mehr verstehe ich Deine Flucht weg von der Zivilisation. Wie viel ein Mensch erträgt, vermag niemand zu sagen«.

Nicht nur Eddys Tränen berühren unseren einsamen und verzweifelten ›See-Helden‹.

Weinend schmiege ich mich an seine Beine.

»Wo nimmst Du die Kraft her, noch an Liebe zu glauben?«.

Er bückt sich, um uns zu trösten.

»Ich weiß nicht, ob es Liebe ist«, sagt er schuldbewusst.

»Ich wünsche mir nichts mehr, als auf dem letzten Stück meines Weges noch anzukommen. Jenny tut mir gut und vor ihr gelang es keiner Frau mich mit Blicken und Worten zu wärmen. Eines Abends meinte sie, dass sie schlecht aushalte, wie depressiv ich sei. So kam es zu meiner Kurzschlusshandlung. Ich wollte nicht den nächsten Menschen zerstören, der mir was bedeutet«.

»Ich war nicht der Schuldige?«.

»Wie kannst Du Dir diesen Schuh anziehen, Mo - kleiner ›Schnuffel‹? Bleibe Hund und verzichte auf lästige Fußwärmer«.

»Wir waren in Deiner Schule, anschließend bist Du in eine Krise geraten«.

Er habe Jenny freigeben wolle, was er auf keinem Weg erreiche.

Spät sei ihm bewusst geworden, was sie ihm bedeute und wie er an ihr und der übrigen Familie hänge.

Als Kuddel sich auf den Heimweg macht, sind Eddy und ich uns einig, dass wir was Besonderes erkennen, das die Zwei verbindet und zusammenhält.

In der Schule sei er zum zweiten Mal gestorben, hat er mir gesagt.

War das dritte bei der Beerdigung von Emily und Yannick?

Ein viertes darf es nicht geben.

›Lass es Liebe sein‹, flehe ich unseren Buddha aus Steinguss im Garten an.

Hauch von Esoterik?

Versuche ich mich an den Tag in Kuddels alten Schule zu erinnern, hämmern in mir Worte von endgültigem Sterben.

Er empfindet es in dieser Form, für uns ist er lebendig und menschlich zu retten.

»Welche der angebotenen Möglichkeiten zählt? Mir ist es zu hoch. Für Dich werde ich kein Esoteriker. Muss man nicht an Wiedergeburt glauben, um von sich behaupten zu können, ein weiterer Tod habe sich abgespielt? Sorry, da bin ich raus, weil ich noch gut schlafen möchte. Beunruhigend, wenn ich überlege, dass meine Fellfreundinnen, die ich loslassen musste, woanders weiterleben - ohne mich. Ich könnte sie nicht beschützen, wenn sie wiederholt davor stünden, ihr Leben zu verlieren. Wie kann Kuddel meinen, mehrere Tode gestorben zu sein?«, fragt Eddy irritiert.

»Er sprach gegenüber der Raumpflegerin von endgültig. Ich relativiere, seit ich von der Zeit mit Emily und Yannick weiß.

Er starb mehrere Tode, merkst Du das nicht? Er hat wie jeder andere ein Familienleben gesucht und ansatzweise gefunden«.

»Ein armer Kerl. Unentwegt auf der Suche«.

»Er nannte es Ankommen und niemand hat dieses herbeigesehnte Gefühl mehr verdient«.

Es gilt in der Folge abzuwägen, wie viel Aufarbeitung ihm guttut und wann es beginnt, ihm Schaden zuzufügen.

Gut vorstellbar, dass ihn zu reden entlastet.

Dem entgegen reißt es alle alten Wunden auf.

»Ich habe Angst, an meiner Größe zu scheitern«.

»Sie spielt keine Rolle, Mo. Mit körperlichem Einsatz können wir nichts für ihn tun«.

»Du verstehst es falsch. Innerlich fühle ich mich zu klein für diese Aufgabe. Am liebsten wäre mir, wir brechen an dieser Stelle ab«.

»Dass ich das erleben darf. Ich verneige mich vor Deiner Einsicht, dass nicht jeder zu retten ist. Du musst das mit Kuddel klären, weil Dir meine verbalen Entgleisungen bekannt sind. Wenn er was benötigt, ist es ein sensibler Rapport«.

Ich ahne, dass ich vor meiner größten Aufgabe stehe.

Unsere Frauchen weihe ich aus Angst nicht ein, sie könnten die Achtung vor mir verlieren.

Ich gebe die ›Mission‹ nicht grundlos auf, viel mehr motiviert mich, dass ich Panikattacken verspüre, sobald ich Gefahr laufe, die Kontrolle zu verlieren, nicht über die Situation - über mich.

Was, wenn Kuddels Seele in meinen Pfoten nicht gut aufgehoben ist?

Würde ich es verkraften, wenn er nach meinem Versagen den nächsten Suizid-Plan austüftelt? Unter Zuhilfenahme von Dolchen und Macheten statt einem Messer.

»Eddy? Sag den ›Mamas‹ bitte nichts von meiner Resignation«.

»Wieso? Sie tragen jede Entscheidung mit«.

»Wenn sie es nicht verstehen? Sie mögen Kuddel wie wir«.

»Hilfe von Menschenhand ist oftmals unabdingbar, das werden sie erkennen«.

»Sprichst Du von ihren Händen? Sie können unser Hilfsprojekt fortführen?«.

»Quatschkopf. Er braucht einen erfahrenen Therapeuten. Bringe ihm das schonend bei. Ich gehe und informiere unsere Frauchen«.

Schnell ist er verschwunden, während ich mich frage, warum er seinen Kopf ohne zu zögern durchsetzt. Im Grunde verträgt sich das nicht mit meiner Sturheit.

Es tut gut, eine Erleichterung zu spüren, als unsere ›Mamas‹ mich anschließend trösten und Verständnis signalisieren.

Ihr Vorschlag, dass sie mit Kuddel sprechen, lässt mich aufatmen.

Ich habe nicht gewusst, ob ich die Stärke besitze, ihm unter die Augen zu treten.

»Wird er mir böse sein?«.

»Im Leben nicht«.

»Er sagt, dass er tot sei«.

»Danach sieht es nicht aus. Vertraue uns. Wir gehen noch heute zu ihm. Du lässt Dich hier von Eddy ablenken. Spaß haben, hörst Du? Nicht die nächste ›Mission‹ planen«.

Als sich die zwei am Nachmittag auf den Weg machen, geht es mir viel zu schlecht, um an gemeinsame Spiele denken zu können.

Ich lasse ihn im Stich, weil es schwerer und heikler wird.

Wenn er nicht richtig lieben kann, gelingt ihm überhaupt einem Shih Tzu zu verzeihen?

Welche Gefühle lebt er aus?

Stirbt er heute wiederholt und ›end-end-gültig‹?

Ich wünsche ihm ein Leben, kein zweites und kein neues.

Der Tag wird kommen, an dem es Eddy schafft, mir zu zeigen, wie schön unser Leben als Hund ohne ›Missionen‹ ist. Dieser ständige Druck, was bewegen zu müssen, geht an die Substanz.

Wir toben durch den Garten und er lässt nichts aus, um mich zu necken, was ich mit meinem wirkungsvollen ›Batschen‹ auf seinen Kopf beantworte.

An Kuddel denke ich nicht mehr, bis er unvermittelt vor uns steht.

Scheitern

chlagartig befinde ich mich in einem Gefühlschaos.

Lässt er es sich nicht nehmen, mich von Angesicht zu Angesicht zu degradieren?

Warum gibt es ihm keine Genugtuung, wenn er mir was ausrichtet lässt?

Überrascht bin ich, wie weit meine Befürchtungen entfernt sind von dem, was ich vermute, und ich schäme mich für mein Gefühl, dass ihm viel liegt daran, andere fertigzumachen.

»Wir müssen reden, Mo. Dringend«.

Ich wusste, dass er auskostet, sobald ich zugebe, gescheitert zu sein.

Mit seinem Auftritt mache ich mich zum Gespött all derer, die unsere zurückliegenden ›Missionen‹ als Eddy und Mo verfolgt haben.

Ich habe zu meinen Glanzzeiten vor Selbstbewusstsein gestrotzt, begleitet von einer gewissen Selbstüberschätzung.

Trotz allem brachten wir jede Aufgabe mit Erfolg zu einem guten Ende.

Mit einem Paukenschlag bringt mich Kuddel zur Demontage.

Erstmals mutiere ich durch alle Ängste und Zweifel zu einem ›psychischen Desaster auf Pfoten‹.

Ein ›Goldpfötchen‹ schafft es nicht, drei tollpatschige Fortbewegungsstampfer zu kompensieren.

Als könnte ich ihn nicht hören, wiederholt er seine Bitte um ein Gespräch.

Traurig sehe ich in seine Augen, die mich auf seltsame Weise abholen.

Er wirkt alles andere als schadenfroh.

»Ich weiß nicht, was ich sagen soll, mein Freund. Meine Probleme sind größer als Deine. Ich blockiere Dich auf dem Weg in eine Zukunft«.

»Gehen wir in den Wald?«.

Eine gute Idee, eine noch viel bessere, dass er diese Frage nicht an mich richtet, sondern die ganze Familie einlädt.

Die innere Unruhe verliere ich nicht, obwohl wir seit zwei Stunden unterwegs sind.

Meine Leidenschaft ist Wassertreten in dem kleinen Rinnsal, das sich durch den Wald zieht. Heute hat es nichts Befreiendes. Wie auf Knopfdruck blicke ich unaufhörlich und scheu zu Kuddel, der viel mit unseren ›Mamas‹ lacht.

Eddy erinnert uns, dass das Gespräch aussteht.

Ohne Frage wäre es nicht schlimm, wenn er diese Worte an mich richten würde.

Muss er ihn ansprechen?

Was bezweckt er mit seiner Ungeduld?

Ich werde das Gefühl nicht los, es kann ihm nicht schnell genug gehen, unsere Taten im Sinne des Guten zu beenden.

»Wäre es Dir nicht lieber, wir wären zu zweit?«, will unser Seefahrer von mir wissen.

Ich traue meinen Ohren nicht.

War klar, dass mein Kumpel diese Frage aufgreift.

»Hey, Lümmel, reicht Dir Jenny nicht?«.

Der Offizier außer Dienst prustet los.

»Lacht Ihr über mich?«.

»Beziehe nicht alles auf Dich«, bittet mein Begleiter eindringlich. »Dein Kasper hier versteht sein Handwerk, gute Unterhaltung einzubringen, wenn sie am nötigsten ist«.

»Logisch, dass Ihr einer Meinung seid. Warum unterhaltet Ihr Euch nicht und lasst mich in Ruhe?«.

Dass ich aus der Nummer raus bin, - wie konnte ich das eine Sekunde glauben?

Er schnappt mich, trägt mich eine Weile auf seinem Arm und streichelt mich hinter den Ohren.

»War ich es, der nichts von Liebe versteht?«.

»Du hast es explizit in der Art geäußert«.

»Warum bist Du mir dem ungeachtet so extrem wichtig?«.

Meint er fürwahr mich?

»Ich habe Dich enttäuscht«, entgegne ich traurig.

»Nicht ein einziges Mal, seit wir uns kennen. Du hast ein Riesenproblem«.

»Du bist mein Problem«.

»Danke für das Geschenk. Ich kann zu einem werden, wenn ich Dir wichtig bin. Ich verstehe das als Kompliment«.

Kuddel lässt mich runter, als wir die anderen nicht mehr sehen können.

Wir sitzen und blicken auf das Wasser, das durch den Wind in alle Richtungen fließt.

»Fluss meiner Gefühle«, höre ich ihn leise sagen und er beginnt mir zu erklären, warum ich in seinen Augen alles richtig mache.

Von Beginn an habe ich ihn nicht bedrängt und ihn angenommen, ohne ihn verändern zu wollen.

Meine Wünsche, mehr über sein Leben zu erfahren, hätten ihn in nicht überfordert.

Er sei gescheitert, nicht ich.

Ausschließlich das Erinnern betreffe es, was ihm verdeutlicht habe, wie versteinert er sei.

»Dein Tresor, Mo. Ich packe vieles hinein und mein ›Inneres Kind‹ lebt«.

»Der Große muss es genauso, Kuddel. Sonst stirbt das Kleine den nächsten Tod«.

»Ich bin auf einem guten Weg und öffne mich durch Deine Hilfe. Am gestrigen Abend haben Jenny und ich lange bei einem Glas Wein zusammengesessen. Emily und Yannick saßen unsichtbar neben uns. Und Alina«.

»Kleine Kinder und Alkohol?«.

»Scherz-Shih Tzu. Eddy ist Dein Vorbild, ohne Frage«.

Ich erfahre, wie befreit er sich fühlt, nachdem er erstmals seiner Freundin von den Nackenschlägen berichtet hat.

Er habe viel Verständnis erfahren und sie habe mit ihm geweint. Eine besondere Nähe, die er zuvor nicht gekannt habe und ihm sei bewusst geworden, dass er bis hierher die Trauer ausgesperrt habe, ohne eine Chance, sie aufzuarbeiten.

Dass viel mehr dazugehöre, dessen sei er sich bewusst.

In der letzten Nacht habe er erstmals wirkliche Berührungen zulassen können, was er nicht weiter thematisieren wolle.

Sein verschmitztes Lächeln verrät, was meine Ohren nicht hören wollen.

»Jeder braucht Geheimnisse. Klammern wir die Nacht bitte aus«.

»Heute Mittag habe ich Jenny gesagt, dass ich Dir das zu verdanken habe. Überraschend erschienen Deine Frauchen.

Du läutest das Ende der ›Mission‹ ein?

Du kannst mir nicht helfen?

Ich glaubte nicht, was in Dir vor sich geht. Ich muss an mir arbeiten, Mo. Ein harter Weg liegt vor mir, durch Dich kenne ich zumindest meine Richtung. Nicht Du trägst die Verantwortung, durch die Keller meiner Seele muss ich alleine gehen. Verdammt, es führt kein Weg vorbei, dass nach einem Fortschritt drei Rückschläge folgen. Das ist der Preis, den ich zahle. Jahrelange Flucht vor mir. Lese weiter in den Tagebüchern und Du wirst merken, dass mir ein Wegrennen nie gelang, was die enge Bindung an Fiete erklärt. Vor unserer Freundschaft schafften wir es nicht zu einem tragfähigen Bündnis. Eines Abends weinten wir nicht ohne Grund, haltlos und prägend, weil uns bewusst geworden war, dass wir lähmende Geschehnisse in uns tragen, die wir über das

Meer mitnehmen. Ein Tresor fehlte ihm. Wenn Du erwartest, dass ich nach Deinen Mühen ein komplett geistig gesunder Mensch werde, muss ich Dich enttäuschen. Wenn ich im Gegenzug erkenne, was Du bereit bist, für mich zu tun, obwohl wir uns knapp ein Jahr kennen, verneige ich mich. Das hat keiner vor Dir für mich gemacht«.

»Das beinahe-Kotzen während der Fahrt mit der Schiffschaukel, dieser mörderischen?«.

»Zum Beispiel. Streiche das ›beinahe‹. Jenny hat es aus dem Blouson herausbekommen«.

Wir lachen und hören aus dem Wald einen Widerhall, was Kuddel nutzt, um in diese Richtung zu schreien.

›Mo ist der Beste‹

›Te te‹.

›Seine Liebe trägt‹.

»Ich höre Weg als Echo«.

»Ich auch Mo. Du hast ihn mir geebnet und ich brauche Dich weiter in meinem Leben. Entziehe Dich nicht aus Gründen, die jeder Grundlage entbehren. Nicht Du bist in der Pflicht, in mir aufzuräumen. Den Part erfülle in allen Einzelheiten ich. Die ›Mission‹ hat bis hierher eine Auszeichnung verdient«.

Seine Worte berühren mich und ich werde aus den Gedanken gerissen, als Eddy hinter uns fragt, wer so geschrien hat.

»Was meinst Du? Kuddel erlernt das nächste Therapie-Element. Frust herausschreien, um sich zu befreien«.

»Bleibst Du sein Therapeut?«.

Unsere ›Mamas‹ gucken fragend in unsere Richtung.

»Er ist und bleibt mein leibeigener Shih Tzu. Mo, mein Herzträger«.

.

Abstand

Mit Abstand betrachtet ist Kuddel auf einem passablen Weg; das Wort gut bekommt für mich eine neue Bedeutung, zumindest für den Moment.

Eddy zweifelt an den Fortschritten, schreiten sie in seinen Augen zu schnell voran.

»Was wissen wir von ihm? Ich werde das Gefühl nicht los, dass er uns Teile seines ICH vorspielt«.

»Dein Misstrauen ist unbegründet, Eddy. Du müsstest in seinen Fußspuren laufen, um einen Weg zu finden. Nach der Prozedur stünde Dir zu, ihm was zu unterstellen. Viel hat er mir anvertraut, von dem ich Dir nicht alles erzählt habe. Kuddel ist kaputt, nicht korrupt«.

Überzeugt ist mein Kumpel nicht, als er geht und meinen Einwand unkommentiert stehen lässt.

Aus welchem Grund erhält mein Gehirn ständig mehr Input, als ich zu verarbeiten in der Lage bin?

Ich denke viel über ihn nach, zugegebenermaßen geht es in eine andere Richtung.

Wer und wie war Fiete?

Wie konnte er an dieser großen Bedeutung gewinnen, wenn Kuddel behauptet, nicht zu wissen, was Liebe ist?

Unterscheidet er zwischen Freundschaft und Gefühlen, die darüber hinausgehen?

Den tragischen Unfall und den Verlust seiner kleinen Schwester kann ich nicht ungeschehen machen.

Wo steckt seine andere?

Sucht sie überhaupt nicht nach ihm?

Es sind die Fragen des Warums, die mich quälen.

›Ob-Fragen‹ gebe ich keinen Platz.

Als liest Eddy meine Gedanken, fragt er mich beim Vorbeilaufen, ob Kuddel lügt.

Der Hund kann nicht aufhören.

»Sich hat er belogen, wiederholt und endlos. Diesen destruktiven Umgang mit sich beendet er in übelster Kleinarbeit. Muss er ständig um unsere Hilfe bitten? Entweder wir bieten sie ihm ungefragt an oder wir belassen es beim Weggucken«.

Wut kriecht in mir hoch.

Ich sehe Fortschritte, die ich mir nicht ruinieren lasse. Sie kleinzureden ist keine Option, wenn es auch bequemer wäre.

Über unsere Frauchen erfahren wir von Jenny, wie sich Kuddel bemüht, ein normales Leben zu führen.

Zu seinem Bastelhobby sind weitere gekommen, so restauriert er alte Möbel mit einer Hingabe, die Jenny fasziniert.

Wöchentlich hat er mit Tobi einen festen Tag zum Angeln etabliert.

Und er spricht ungefragt über zurückliegende Dinge.

Sie finde in einer Intensität einen Draht zu ihm, was ihr zeige, dass es zum richtigen Zeitpunkt gekommen sei.

Abgesehen von Momenten, in denen er betont, einzig mit mir darüber sprechen zu wollen.

»Wenn er Tobi jede Woche einen Tag einräumt, meint Ihr, das würde er für mich genauso tun?«.

»Therapiesitzungen in bestimmten Frequenzen sind nicht unüblich. Frag ihn«.

»Das hört sich sachlich und falsch an. Ich frage ihn, ob er Interesse an einem weiteren Hobby hat. Hundekekse backen an den Samstagen«.

»Mit der Idee seid Ihr zu viert, weil sich ›Omama‹ und Jenny freuen, wenn sie ihre Aktivitäten in der Küche ausweiten können und kein Alibi bräuchten«. Eddy feixt sich einen.

Abwegig ist es nicht.

Als sie merken, wie angestrengt ich nachdenke, schmieden sie einen Plan, den ich grandios finde.

Kuddel und ich werden Paten im örtlichen Tierheim.

Schlagartig ruft es Eddy auf den Plan.

»Ich bin mit von der Partie«.

Vormachen lasse ich mir lange nichts mehr.

Es geht ihm einzig um den Kontakt zu Artgenossen.

Ich könnte auf solche verzichten, wenn ich nicht den Aspekt erkennen würde, Gutes zu tun.

Kuddel ist Feuer und Flamme für unseren Vorschlag, und er ist es, der keine Zeit verliert und mit den Tierpflegern telefoniert.

Die anfängliche Ablehnung, als sie hören, dass er zwei Hunde mitbringen würde, weicht nach weiteren Erklärungen einem Deal.

Nicht von großer Bedeutung, dass er habe flunkern müssen, als ihm unterstellt worden sei, dass er uns dort unterbringen wolle.

Wir seien seine liebsten Weggefährten und würden fest zu ihm gehören.

Lasse das nicht unsere ›Mamas‹ hören.

Ausgelacht hätten sie ihn, als er nachgefragt habe, ob die untergebrachten Hunde in der Lage seien zu sprechen.

Na wartet, dieses Lachen bleibt Euch demnächst im Halse stecken.

Mittwochs steht die angestrebte Betreuung fest im Kalender, Eddy übernimmt die Patenschaft für viele Pfoten, während ich mich um die zwei Beine kümmere, die einen Mann durchs Leben bringen, das ihm bis hierher Unglück beschert hat.

Herzlich werden wir empfangen.

Zwei Pfleger erklären uns die anfallenden Aufgaben, bis Eddy und ich sie an die Wand sabbeln.

Mit rhetorischen Künsten aus den Mäulern von Vierbeinern haben sie nicht gerechnet.

»Du hast einzigstes gesagt«, korrigiert Eddy einen gravierenden Fehler.

»Es heißt einziges«.

»Wow. Respekt. Ich habe noch nie einen Hund sprechen hören. Unglaublich, dieses extrem hohe Niveau. Das glaubt mir keiner. Dein Führerschein am Geschirr gefällt mir, mein Schäferhund hat denselben«.

Eddy verdreht die Augen.

»Denselben kann er nicht haben. Sieht er auf dem Foto aus wie ich? Denke scharf nach. Hat er den gleichen?«.

Der Pfleger lacht und gibt zu verstehen, dass er den Kürzeren zieht, wenn er sich intellektuell duellieren müsse.

»Ich war keine Leuchte in der Schule. Das interessiert die Tiere in unserer Unterkunft kein Stück. Ich spreche mit dem Herzen«.

»Der perfekte Betreuer«, stelle ich fest.

»Du bist - wie Dein Kumpel - ein Sprachtalent. Einen Lhasa Apso hatten wir lange nicht in unserem Revier«.

»Einen was? Ich bin aus Tibet«.

»Ich weiß. Lhasa ist die Hauptstadt Deines Landes und der zweite Teil Deiner Rasse bezeichnet in Deiner Landessprache das zottige Langhaar einer Bergziege. Obwohl Du kurz geschoren bist, habe ich Dich erkannt, kleiner Apso«.

»Bergziege? Du tickst nicht richtig und verspielst gerade Sympathiepunkte. Je was von

Shih Tzu gehört? Ein echter, stolzer Kloster-held, der Buddha in seinem Herzen trägt«.

Betreten steht er vor mir und wirkt hilflos nach einer Ausflucht ringend.

»Ich verzeihe Dir ohne Entschuldigung. Zeigst Du uns den ersten Pflegehund?«.

»Kommt« winkt er uns hinter sich her. »Er braucht am dringendsten Liebe«.

»Du kennst MICH noch nicht«, scherzt Kuddel und wir bringen unseren Tierheim-führer gehörig durcheinander.

Nervös kaut er auf seiner Oberlippe.

»Ihn hier meine ich - nicht Dich«.

Er sieht tot aus, denke ich, als mein Blick auf einen äußerst traurigen Mischlingsrüden fällt. Ängstlich zuckt er zusammen, als der Zwinger geöffnet und er gerufen wird.

»Pelle, komm. Du hast Besuch«.

Eddy ist nicht zu bremsen und läuft zu ihm rüber. Meine Eifersucht kann ich nicht öfter betonen, er wird es nicht schaffen, sich in Zurückhaltung zu üben. Es tut mir weh, wenn er voller Euphorie andere Hunde nah ranlässt, weil ich für ihn der Wichtigste bleiben will. In diesem Fall sollte ich ihm dankbar sein, weil es mir Zeit verschafft, mich mit Kuddel zu beschäftigen.

»Knutsch ruhig rum« kann ich mir trotz aller Abwägungen in die Richtung meines Freundes nicht verkneifen.

»Mich wirst Du nicht los, Mo, Du kleiner ›Lhasa eifersuchticus‹«, schüttelt er sich vor Lachen, während wir ihm zusehen, wie er Pelle in seinen Bann zieht.

Kurze Zeit später führt Kuddel den Pflegehund in unserer Begleitung zu einem See in der Nähe.

Die Sonne lädt zur Rast ein.

Als Pelle und Eddy zum Abkühlen ins Wasser springen, lehne ich an den Oberschenkeln meines Seefahrers, der sich auf den Sand gesetzt hat.

»Ich möchte was von Fiete hören. Magst Du über ihn reden?«.

»Mögen ja. Schaffe ich das?«.

»Hilft es Dir, wenn ich Dir Fragen zu ihm stelle?«.

»Versuch es«.

Es klappt.

Von Kuddel erfahre ich, dass bei seinem verstorbenen Freund eine andere Problematik bestanden habe.

Vergleichen könne man die zwei Geschichten nicht.

Fiete habe ein sorgenfreies Elternhaus gehabt und in der Jugendzeit begonnen, aus seinem Leben mit Abitur und erfolgversprechendem Karriereaufstieg das Beste rauszuholen.

Früh habe er geheiratet und zwei Kinder hätten sein Glück perfekt gemacht.

Bis es erste Risse bekommen habe.

Seine Frau habe ihm sein vieles Arbeiten vorgeworfen und massiv mit Streitereien begonnen. Den Luxus, den er ihr habe ermöglichen können, habe sie genossen, sei dem ungeachtet unzufrieden gewesen.

Es sei der Zeitpunkt gekommen, an dem er keinen anderen Ausweg als eine Trennung gesehen habe, um Ruhe in sein Leben zu bringen.

Seine Frau habe dieser nicht zugestimmt aus Angst, was die Leute für eine Meinung hätten. Man lasse sie nicht sitzen.

»Seine Frau hatte nichts von ihm, wenn Ihr monatelang auf See gewesen seid«, versuche ich die andere Seite zu verstehen.

»Nein, Mo. Ich spreche von der Zeit, als ich Fiete noch nicht kannte. Als er aus seinem Haus ausgezogen war, um seiner Frau und den Kindern ihr Zuhause nicht zu nehmen, stand eines Tages die Polizei vor seiner Tür. Beschuldigt wurde er, dass er seine Frau vergewaltigt und die Kinder misshandelt habe. Ein Rosenkrieg, der ihn zerstörte. Jahrelang saß er unschuldig im Gefängnis und wurde nach der Haftentlassung denunziert. Ein Rufmord sondergleichen. Seine eigene Familie hatte sich abgewandt, Freunde waren ihm keine geblieben. Sein endloser und aussichtsloser Kampf um Rehabilitation mündete in eine Sackgasse. Als ich ihn zum ersten Mal sah, war ich erschüttert. Dieser Mann sollte als Maschinist arbeiten, der es nicht schaffte, ohne zu zittern zwei Schritte zu gehen? Alkohol und

Drogen, wie ich später erfuhr. Irgendetwas zog mich zu ihm hin. Er wirkte versteinert, wie ich vom Leben enttäuscht und an diesem gescheitert«.

Die Tränen in Kuddels Gesicht verraten, wie schmerzerfüllt er um ihn trauert.

»Er fehlt Dir. Lass es raus«.

Er weint die Verzweiflung weg.

»Er war Dein bester Freund, stimmts?«.

»Der Einzige, dem ich vertraut habe. Er verlor die Achtung vor seinem Leben und fand es spannend von mir zu hören, dass ich keines besaß. Wir waren wie zwei Puzzleteile, die zusammengehörten. Seinen Tod habe ich bis heute nicht begriffen. Zu Beginn versuchte ich mir einzureden, dass er im Urlaub sei und ich ihn wiedersehen werde. Diesen Selbstbetrug aufrechtzuhalten gelang nicht. Musste ich an der Kühlkammer vorbei, in der er ›konserviert‹ wurde, spürte ich Messerstiche im Herzen.

Verloren fühlte ich mich ohne diesen gefühlten Hafen und der Sicherheit, dass ich für alle Zeiten jemanden an meiner Seite haben werde, der mich ohne Worte versteht«.

»Er kannte Deine Geschichte?«.

Kuddel nickt.

»Abends an der Reling warf er ab und zu einzelne Blumen für meine Alina ins Meer«.

Aus einem Tagebuch geht hervor, dass die ›Sache mit Fiete‹ kurze Zeit vor dem tragischen Unfall von Emily mit Yannick passierte.

Das hieße, dass die zwei noch die Freude über Kuddels Familienplanung teilten, er aber mit seiner Trauer um alle drei alleine war.

»Deine Depressionen entstanden nicht nach dem Tod Deiner Mama, gibst Du es ehrlich zu?«.

»Sagen wir, sie erreichten anschließend eine ungeahnte Dimension«.

Pelle und Eddy kommen im richtigen Moment.

Ich weiß nicht, wie ich an einer Stelle einen Punkt mache, wenn ich ihn als dringend nötig empfinde.

»Tränen oder Wasser?«, fragt Eddy, woraufhin Kuddel das Zweite wählt.

»Tränen hatte ich zu oft«.

Versicherung

Gegen alles kann man sich versichern, folge ich Kuddels Meinung.

»Sich abzusichern gegen weitere seelische Erschütterungen, das muss möglich sein. Ein Leichtes, monatlich Beiträge zu zahlen, um meinem Rest-Herz den bestmöglichen Schutz zu bieten«.

Während er noch spricht, suche ich eine entsprechende Police im Internet, fündig werde ich nicht.

Bei den Suchbegriffen Seele, Herz und ›Anti-Leid‹ spuckt das Ding vor mir null Suchergebnisse aus.

»Mo? Hörst Du mir überhaupt zu?«.

»Ja doch. Ich will Dir helfen. Von welcher Agentur sprichst Du?«.

»Agentur? Beim Modeln bin ich raus«.

»Scherzkeks. Ich suche Dir eine Versicherung zu Topkonditionen«.

Kuddel lacht, während Eddy zeitgleich einstimmt.

»Schließe lieber für Dich eine Sterbegeldversicherung ab, Mo. Deine Recherche wird zur Lebensaufgabe«.

Eddys Worte sorgen bei mir für ein Aufhorchen.

»Lacht Ihr mich aus?«.

»Wo denkst Du hin? Wir vermuten, dass Du eine Geschäftsidee witterst, stimmts Eddy?«.

Ich werde das Gefühl nicht los, dass sie mich an der Nase herumführen, doch werde abgelenkt, als ich auf eine Seite kurioser Versicherungen stoße.

Jetzt bin ich es, der lacht und die zwei Faxen-Macher zum Grübeln bringt.

»Kuddel? Du kannst Dich gegen das Steckenbleiben in Fahrstühlen versichern. Da guckst Du, was? Platzangst schlägt aufs Herz und das willst Du schützen. Soll ich das Formular ausfüllen?«.

Wieso lacht er nicht mehr?

»Eine zweite Versicherung sichert Dich gegen Funklöcher ab. Stell Dir vor, Du erleidest einen Herzinfarkt und benötigst dringend ärztliche Hilfe. Ich will Jenny nicht zu nahetreten, bewerte es dem ungeachtet als Highlight, sich zwecks Bigamie ein Top-Angebot einholen zu können. Die Körperteile-Versicherung sehe ich als überflüssige Offerte, weil ich an Dir nichts erkenne, was diese wert wäre«.

»Gut, Mo. Du hast gewonnen«.

»Ernsthaft? Ich habe geliebäugelt mit dem Abschluss einer Versicherung für den Fall, dass ich bei Glücksspielen permanent verliere und einen Ausgleich dringend nötig habe. Es ergibt keinen Sinn, wenn Du mir den Sieg überlässt«.

Eddy springt mit vollem Körpereinsatz zu mir.

»Beeindruckend. Du bist uns voraus in puncto Humor. Wie hast Du das gelernt?«.

»Frage lieber, wer mein Lehrer war. Hast Du konstant so einen Spaß bei der Sache? Ich beginne, Dich zu verstehen. Bei allem Ernst um Todesfälle, schreckliche Unfälle, Krankheiten und sonstigen Schicksalsschlägen tut es gut abzudriften, statt sich zu ergeben. In Zukunft müsst Ihr Euch in achtnehmen. Nicht, weil ich Eure Scherze schneller durchschaue, ich übertrumpfe sie«.

Kuddel und Eddy strecken die unsichtbaren Waffen.

Zeit für den Ernst des Lebens.

»Pelle braucht ein Zuhause. Leonie hat in ihrem Hund genauso wie Werner in Wally neuen Lebensinhalt gefunden. Ihr habt Platz und Zeit, um dem Kleinen die Gitter zu ersparen«.

Kuddel stöhnt und tut sich schwer mit einer Antwort.

»Weißt Du, ich bin kein Hunde-Typ, wenn es Dich auch enttäuscht«.

»Ach nee. Nutzt Du mich aus? Ständig betonst Du, dass einzig ich Dir helfen kann«.

»Auf den Punkt gebracht. Du! Nicht Pelle, was nicht heißt, dass ich Dich täglich ertragen könnte«.

Diesen Scherz überhöre ich.

»Mag Jenny Hunde?«.

»Ein Hornochse ist täglich an ihrer Seite, der sich mit anderen Tieren nicht verträgt. Ernsthaft, Mo. Ich verstehe, dass Du für jeden das Bestmögliche herausholen willst und es ehrt Dich. Pelle wird über kurz oder lang Menschen finden, die ihn lieben und ihm ein Zuhause geben, einen Zufluchtsort, der ihm Sicherheit bietet. Das Leben ist keine Gleichung, die aufgeht. Wie viele Zwinger existieren und wie viele Tierheime und Auffangstationen? Jedes Wesen hinter den Stäben hat diese spezielle und einzige Sehnsucht. Du kannst nicht weltweit allen helfen«.

Traurig lasse ich den Kopf hängen und weiß,
dass er recht behält.

Ob es Versicherungen gibt gegen Argumente, die einem in den Ohren wehtun?

Unfaire Vorwürfe

Das wochenlange Grübeln, wie wir Kuddels Halbschwester ausfindig machen, ohne einen Namen zu kennen, wird abgelöst durch aussagekräftige Informationen in den vor mir gestapelten Tagebüchern.

Dass er kein Interesse an einem Kennenlernen gehabt habe, lasse ich definitiv nicht mehr gelten.

Als habe er ihren Wohnort observiert, weiß er, dass Sie Anna-Lena heißt, dass sie Abitur gemacht und Medizin studiert hat und unverheiratet und kinderlos in einem Berliner Vorort lebt.

Ihm fehlte es nicht an Möglichkeiten, sie aufzusuchen, einzig der Mut verließ ihn im richtigen Moment.

Seine Eintragungen, sachlich und kurz gehalten, enden mit einem eingeklebten Foto, auf dem eine junge Frau zu sehen ist.

Nah war er ihr früher als gedacht.

»Eddy? Kannst Du Dich an Deine Geburtsstadt erinnern?«.

»Berlin? Nicht allumfänglich. Ich war ein Welpe. Wieso fragst Du?«.

»Wir müssen dorthin. Kuddels Halbschwester lebt in dieser riesigen Stadt. Holen wir ihn ab?«.

»Moment, Mo. Wir brauchen die Unterstützung unserer ›Mamas‹. Über soziale Medien finden sie die Adresse raus und eruieren den Arbeitgeber. Diesen Anhaltspunkt benötigen wir. Hauptsache, sie trägt denselben Nachnamen wie ›Monsieur Seeheld‹«.

»Ich habe die Anschrift. Er scheint sie gesucht zu haben, wenn er es auch nicht zugeben würde«.

»»Das ist der Punkt. Wir dürfen nichts überstürzen. Mir wäre lieber, wenn wir vorab mit ihr sprechen«.

Eddy stürmt los, um uns den Transport zu organisieren.

Berlin, wir kommen.

Unsere Frauchen unterstützen uns nach allen Kräften und chauffieren uns einen Tag später vor die gewünschte Haustür.

»Sie wird überfordert sein, wenn zwei unbegleitete Hunde klingeln und zu ihrer Überraschung noch zu ihr sprechen. Wir kommen zuerst mit«.

Nach einer Villa und dem pompösen Leben einer erfolgreichen Ärztin schaut es hier nicht aus.

Das kleine Domizil gleicht der ehemaligen Unterkunft von Tobi zu Zeiten seines Campingplatz-Hausens.

Wohin man blickt, sieht man heruntergekommene Baracken und leerstehende Häuser mit eingeworfenen Fensterscheiben und mit Graffiti besprühten Fassaden.

Nach zweimaligem Klingeln öffnet uns eine eingeschüchtert wirkende Frau.

Ausgeschlossen, dass es sich um die Schöne handelt, die auf dem Foto zu sehen ist.

»Wir sind falsch«, stammele ich, als sie uns fragt, was wir wünschen.

»Anna-Lena?« prescht Eddy vor, die Bitte unserer ›Mamas‹ vergessend, dass zuerst sie für uns mit ihr sprechen wollten.

»Ja, ich bin Anna-Lena. Was wollen Sie von mir?«.

Sie schiebt verängstigt die Tür einen Spalt zu und es dauert eine gefühlte Ewigkeit, bis sie sich überreden lässt, uns zuzuhören.

Einen Knut kenne sie nicht.

Diese Haltung gibt sie auf, als unsere ›Mamas‹ ihr das Tagebuch mit dem Foto vor die Nase halten und um Einlass bitten.

»Ich bin heute noch nicht zum Aufräumen gekommen. Schauen Sie sich bitte nicht um, auf Besuch war ich nicht eingestellt«.

Was wir erleben, ist eine viel größere Katastrophe als Tobis Mobilheim.

Anna-Lenas Unterkunft gleicht einer Mülldeponie.

Der Geruch ist unerträglich wie der Anblick einer gebrochenen Frau, die vom kalendarischen Alter jünger sein müsste als ihr Halbbruder.

Warum sieht sie älter aus als ›Omama‹?

Folgte Kuddel der falschen Frau?

»Setzen Sie sich«.

Wohin bloß?

Sollte es je im Leben eine Couch und einen Sessel gegeben haben, sind diese unter leeren Konservendosen, Schnapsflaschen und Pizzakartons vergraben.

»Wir würden Sie gern einladen. Gibt es in der Nähe ein Restaurant?«.

Eddy und ich atmen bei der Frage unserer Frauchen auf.

»Gibt es. Ich habe heute viele Termine und keine Zeit. Meetings, Sie können sich vorstellen, wie anstrengend ein Tag mit hohen Anforderungen ist. Was wollen Sie von mir? Ein kurz umrissenes Statement reicht mir«.

Das Rumeiern der Erwachsenen scheint meinem Kumpel gehörig auf die Nerven zu gehen.

»Hör zu Anna-Lena. Das Siezen muss nicht sein, bedenkt man, dass Du zu einer Familie gehörst, die uns gut bekannt ist«.

»Ich habe keine Familie«.

»Und ob. Deine Mama und Deine kleine Halbschwester, die Du angesichts eines schrecklichen Unfalls mit Todesfolge nicht kennenlernen durftest, sind verstorben. Was Dein leiblicher Vater heute macht, ist mir nicht bekannt. Da gibt es Deinen Bruder mütterlicherseits. Ein toller Typ, der Kuddel. Er brennt darauf, Dich kennenzulernen. Bis heute fehlte es ihm an Möglichkeiten, da er viele Jahre zur See gefahren ist. Zu spät ist es für eine Zusammenführung nicht«.

»Ein Trittbrettfahrer, der Euch was vorspielt. Ich bin definitiv ein Einzelkind. Vertraut ihr einem Schwindler? Was er behauptet, ist falsch«.

»Welchen Grund könnte er haben?«.

»Gut möglich, dass er sich bereichern will. Ich bin Chefärztin am hiesigen Klinikum. Wittert dieser Kerl eine Chance, mich zu bestehlen? Ein Betrüger, ein Erbschleicher«.

Jetzt reicht es mir.

»Chefärztin? Du bewegst Dich in der High Society, stimmts? Wer lügt hier? Dein Outfit, dieser Gammellook, erinnert mich an Obdachlose, die mir begegnet sind. Deine Wohnung ist ein einziges Schlachtfeld. Wem willst Du was vormachen? Kuddel kann nicht Dein Bruder sein. Wenn jemand ehrlich durch sein Leben geht, ist er es«.

Ich drehe mich um und signalisiere meiner Familie, dass wir hier nichts verloren haben.

»Warte, kleiner Hund. Ja, dieser Schurke ist Teil meiner kaputten Familie«.

Schurke?

»Du urteilst über ihn, ohne ihn zu kennen? Armselig. Seine Achtung vor anderen hat er sich bewahrt«.

»Und seinen Egoismus«.

»Wie bitte?«.

»Ich hätte einen großen Bruder gebraucht. Alleingelassen hat er mich, obwohl er wusste, dass mir keine schöne Kindheit bevorstand. Wer sein Leben in vollen Zügen genossen hat, braucht sich nicht an mich erinnern, weil es gegenwärtig zeitlich passt«.

Ausrasten könnte ich bei der einseitigen Betrachtung.

Der verbale Schlagabtausch geht in die Verlängerung, bis unsere ›Mamas‹ einschreiten.

Erneut bitten sie um ein ruhiges Gespräch in einer anderen Atmosphäre.

Frühgenug lenkt Anna-Lena ein und schlägt einen Besuch an ihrem Stammkiosk vor.

Zwei Stehtische und eine Gruppe alkoholisierter Männer wirken nicht einladend, spiegeln vielmehr das soziale Umfeld, in dem sich Kuddels Schwester bewegt.

Alle begrüßen sich mit einem ›lallenden Hallo‹ und während wir alle was zu essen bestellen, verlangt sie nach einem großen Bier.

»Prost! Warum habt ihr meinen Bruder nicht hergebracht? Ich gönne ihm den Triumph, dass er aus seinem Leben mehr gemacht hat«.

»Hat er das?«, will Eddy wissen. »Du bist nicht in der Position, ihn zu verurteilen«.

»Und er war nicht in der mich zurückzu- lassen, ohne zu fragen, ob ich ohne seine Hilfe in ein Leben finde«.

»Er lief nicht deinetwegen weg. Er war es, dem er nicht begegnen konnte«.

Wieso versteht sie Eddy nicht?

Als studierte Medizinerin müsste ihr Intellekt ausreichen, wenn sie es nicht versoffen hat. Lernen Ärzte nicht Teile der Psychosomatik und psychotherapeutischen Medizin, um sich auf Menschen einstellen zu können?

Sie vergießt nicht eine Träne, als sie uns ihr Leben schildert.

Aufgewachsen sei sie bei einer liebevollen Mutter, die sich und sie nicht habe schützen können gegen die Gewaltausbrüche des Vaters.

Als sie von der Existenz eines Bruders erfahren habe, habe sie erfolglos nach ihm gesucht.

In der Folge sei sie Stück für Stück gescheitert.

Über Leistungen in Schule und Beruf habe sie versucht, Anerkennung zu erhalten, bis die Kraft nicht mehr gereicht habe, diese Fassade aufrechtzuerhalten.

»Ich bin Ärztin. Mein größter Erfolg war die Chefarztposition. Mehr und mehr entwickelte ich mich zur Tyrannin. Ich schikanierte meine Oberärzte und betrieb Mobbing gegen die Assistenzärzte. Dass ich psychisch krank war, wollte ich nicht wahrhaben und entschuldigte mich bei der Klinik-Geschäftsleitung mit zu viel Stress und unterstellte allen anderen Medizinern die Unfähigkeit, die ich bei mir bemerkte. Eine Therapie meiner Krankheit war undenkbar und ich stufte sie als entbehrlich ein, als ich ein Ventil fand. Das Trinken holte mich überraschend gut runter in Momenten, in denen ich zu scheitern drohte. Gegen Mann und Kinder hatte ich mich entschieden, weil ich wusste, wie schrecklich ein Familienleben ist. Tagsüber arbeitete ich, während ich nachts feierte. Mein Leben nicht, dafür mein Konstrukt, bis es zu gehäuften Fehlentscheidungen, einem ärztlichen Kunstfehler mit Gerichtsverhandlung und der Aberkennung meiner Approbation kam«.

Sie lacht inadäquat und verlangt das nächste Bier und einen Kurzen.

»Du bist ein Messie«. Zugegeben, ich will sie provozieren, weil ich sie nicht mag.

»Ja und? Habe ich Euch um einen Besuch gebeten? Heute habe ich echte Freunde«.

Sie deutet auf den ›Suff-Trupp‹.

»Euer Kuddel passt heute nicht mehr in mein Leben. Ein Vollversager, für den ich kein Verständnis habe. Er hat Mama im Stich gelassen«.

»Hat er nicht«, schreie ich sie an. »Er ist zerbrochen an ihrem Tod und zuvor an dem seiner kleinen Schwester. Mit Deinem Vater gab es massive Konflikte, sodass er fortging.

Garantiert in kein besseres Leben. Er trank wie Du, schlimmer noch, er flüchtete sich in die bunte Welt, die er sich vom Schnupfen, Konsumieren und Injektionen versprach. Wäre er nicht auf ein Schiff geflohen, würden Eddy und ich heute vor einem Grabstein mit seinem Namen stehen«.

»Drogen? Es muss sich um die Zeit handeln, für die Mama einen Kontaktabbruch beschrieben hatte. Sie führte ein Doppelleben, das erklärt mir vieles. Es gab einzelne Wochen im Jahr, in denen sie nicht zu Hause war, weil sie einem Job nachging, der von ihr viele Auslandsaufenthalte verlangte. Ich war zu jung, das zu durchschauen. Erst nach ihrem Tod fand ich ihre Kontoauszüge. Keine Lohnzahlungen für ihre Tätigkeiten, stattdessen Mietzahlungen für einen Zweitwohnsitz. Ich erklärte mir das mit der desolaten Ehesituation und konnte sie verstehen. Einen Batzen Schulden hatte sie angehäuft, was ich meinem Erzeuger gönnte, als ich ihn zurückließ und in Berlin zu leben versuchte«.

Sichtlich geschockt wirkt Anna-Lena über den Tod einer Halbschwester, über die keine Silbe gesprochen wurde.

Über die Umstände des Suizids von Kuddels Vater sei ihr nichts bekannt.

»Grüßt Ihr ihn von mir? Ich habe keine Kraft für eine Aussprache, fühle mich trotz allem versöhnt«.

»Kennst Du Shih Tzu?«.

»Persönlichkeitsstörung, Depression, posttraumatische Störung und Psychosen sind meine Diagnosen«.

»Nicht schizo, ›es ha i ha Leerstelle te zet uh‹, meine Hunderasse. Ich bin ein Gesandter Buddhas. Komm mir jetzt nicht mit Butter«.

Sie lächelt.

Als sie vorhin nicht weinte, dachte ich an Autismus, doch Gefühlsregungen scheint es zu geben.

»Was macht ein Ableger Buddhas?«.

»Er kämpft. Findest Du es nicht unangemessen mit Gruß und so? Kuddel beweist jeden Tag seinen Mut nicht aufzugeben. Auf der Suche nach einem gangbaren Weg durchkreuzte eine Krebserkrankung seine Pläne. Der Kampf um sein Leben ist ein anderer. Ihr teilt ein Schicksal und er hat ein Anrecht auf Rehabilitation. Nimm ihm diese eine Schuld«.

»Welche?«.

»Dich im Stich gelassen zu haben«.

Gerechnet habe ich nicht mit ihrer Reaktion.

Sie lässt das halbe Bier stehen und lässt sich vom Kioskbesitzer einen Zettel und einen Stift aushändigen.

Geliebter, vermisster Bruder,

scheinbar hatten wir viel Pech.

Es ist an der Zeit, in uns aufzuräumen.

Ich vermute, Du hast meine Hilfe gebraucht wie ich Deine.

Lass uns einen Schnitt machen und nachholen, was wir verpasst haben.

In Abwesenheit warst Du keinen Moment ungeliebt. Anne-Lena

Infame Lüge

Das Projekt der teilweisen Familien-zusammenführung planen wir in Zusammenarbeit mit Anna-Lena und vereinbaren unwiderruflich, dass sie in einer Woche zu ihrem Bruder kommen wird.

Dieser Plan ist weitaus mehr als das, was wir uns von dem Trip nach Berlin versprochen hatten.

Zurück zu Hause fällt es mir verdammt schwer, die Überraschung vor Kuddel zu verheimlichen.

Eddy muss mich wiederholt in meiner Euphorie stoppen.

Heute ist der große Tag.

Am frühen Nachmittag kommt der Zug aus Berlin auf ›Gleis Zwei‹ an.

»Und wenn sie es sich anders überlegt hat?«, frage ich nachdenklich, als unser ›Mamas‹ sich startklar machen, um den wichtigen Gast vom Bahnhof abzuholen.

»Warum sollte sie? Der Vorschlag kam von ihr«.

Ungeduldig laufe ich auf und ab, als wir den Abholort erreichen.

Nicht fahrplanmäßig entdecke ich die ›Schnauze der Bahn‹.

Endlos wirkende Minuten trennen uns vom erlösenden Wiedersehen.

Eddy sieht sie als Erster.

»Hey, hier rüber«, winkt er sie heran.

Anders schaut sie aus.

Hat sie sich für Kuddel herausgeputzt?

Keine Spur vom Messie-Syndrom.

Sie trägt ein Kleid und hat die Haare zu einem Zopf zusammengebunden.

Lachend kommt sie auf uns zu.

»Ich bin mega-aufgeregt. Schön, dass Ihr Wort gehalten habt. Wo ist mein Bruder?«.

»Wir bringen Dich zu ihm«, erkläre ich unsere Absicht, ihn zu überraschen.

»Ich binde keine Schleife ins Haar und verzichte auf Tamtam«.

Eddy drückt ihr eine Rose in die Hand.

»Die reicht«.

Auf dem Weg zu Kuddel sitzen wir mit einer unserer ›Mamas‹ hinten und ich kann die Frau auf dem Beifahrersitz beobachten.

Aus ihr schlau werde ich nicht, zu allem Übel setzt mir der penetrante Geruch einer Alkoholfahne zu, der sich zügig im Auto verbreitet.

»Mach einer das Fenster auf?«.

Sie dreht sich zu mir um.

Ertappt.

»Stört Dich was an mir?«.

»Ich hasse Schnaps«.

»Ich verstehe Dich. Bier ist von anderer Qualität. Vorhin habe ich mir eins schmecken lassen, weil mich die Fahrt langweilte«.

»Im Zug Alkohol? Der Konsum ist strengstens verboten«.

»Merke Dir, dass die heimlichen Dinge am meisten Spaß bringen«.

Small Talk ohne Niveau liegt mir nicht und ich schließe die Augen, bis der Wagen stoppt.

Jenny ist eingeweiht und wartet vor der Tür.

Mit einem Strahlen auf dem Gesicht begrüßt sie Anna-Lena, als würde sie sie ewig kennen.

»Die verlorene Schwester. Herzlich willkommen. Es wird einer der schönsten Tage für Kuddel«.

»Nicht nur für ihn. Diesen Moment habe ich zeitlebens herbeigesehnt«.

»Eddy?«, flüstere ich, »mit der stimmt was nicht«.

»Was meinst Du?«.

»Dieser Unterton. Höre richtig hin«.

Seiner Meinung zufolge interpretiere ich Unglaubliches hinein, weil ich Kuddels Aufmerksamkeit nicht teilen will.

Viel kann mir mein Freund vorwerfen, nicht aber, dass ich unserem Offizier nicht das Bestmögliche wünsche.

Ich gebe zu, dass ich extrem unsicher geworden bin, weil ich nicht einschätzen kann, wie Kuddel auf den Besuch reagiert.

Haben wir das Richtige getan?

Überrumpeln wir ihn nicht?

Seine Schwester hatte genügend Zeit, sich mit dem bevorstehenden Treffen auseinanderzusetzen, während er vor vollendete Tatsachen gestellt wird.

Hoffentlich geht alles gut.

»Wo ist er?«, gucke ich zu Jenny.

»Oben in seinem Hobbyraum. Geh die Treppe hoch, Anna-Lena. Dieser Moment gehört Euch. Wir warten hier unten mit Kaffee und Kuchen«.

»Nö«, prescht Eddy vor.

»Ich lasse mir die Wiedersehensfreude nicht entgehen. Sobald ich diese visuell eingefangen habe, ziehe ich mich zurück«.

Er läuft vor und ich zögere nicht eine Sekunde ihm zu folgen.

Es ist so weit.

Klopf.

Klopf.

Die Aufforderung von Kuddel zum Eintreten ignorieren alle, bis sich Schritte nähern und die Tür sich öffnet.

»Was ist los?«.

Wie vom Blitz getroffen steht er stocksteif im Türrahmen.

»Anna? Bist Du es wirklich?«.

Sie nickt.

Jedes weitere Wort wirkt überflüssig.

Zeit für uns davonzuschleichen, als sie sich in den Armen liegen und weinen.

Unten sitzen alle zusammen und es dreht sich um das eine Thema.

›Omama‹ ist ergriffen, als sie von unserer Tour hört und dem Vorhaben, Kuddel die verlorene Schwester zurückzubringen.

»Er hat dieses Glück verdient«.

»Du verstehst nicht, ›Omama‹. Sie trinkt und sammelt Müll, arbeitet nicht mehr, obwohl sie Ärztin war. An einem besonderen Tag wie heute riecht sie wie eine ungelüftete Kneipe«.

Ich rede mich in Rage, bis Eddy mir übers Maul fährt.

»Was soll das Mo? Was willst Du überhaupt? Es war Dein Plan, sie aufzuspüren und jetzt passt sie Dir nicht, weil sie nicht dem Bild entspricht, welches Du aus den Tagebüchern kennst. Gib ihr eine Chance. Wenn sie Kuddel guttut, haben wir viel erreicht«.

Ich kratze an den Beinen meiner Lieblingsmama, bis sie sich zu mir herunterbeugt.

»Ich habe ein ungutes Gefühl. Bis zum heutigen Tage hat mich mein Gespür nicht im Stich gelassen«.

»Hast Du nicht das Lachen oben gehört?«.

Klingt nach Entwarnung und ich lege mich platt auf den Zimmerteppich.

So richtig kann ich mir nicht erklären, von welchen Gehirnzellen mein Misstrauen gesteuert wird.

Eddy wird richtig liegen.

Seit jeher tue ich mich schwer mit Konsumenten und fühle mich verantwortlich für unseren Seefahrer.

Er hat große Mühe, Kraft für sich zu mobilisieren, kein Fünkchen reicht, um seine Schwester aus dem Dreck zu ziehen.

Die Esszimmeruhr tickt laut und ich beobachte das Vergängliche.

Es muss einen Grund geben, dass ich mit dem Lauf des Minutenzeigers deutlich unruhiger werde.

»Haltet mich für verrückt und bringt mich zu einem Hunde-Psychiater, ich bleibe meinem

Gefühl treu. Kuddel braucht unsere Hilfe. Er ist in großer Gefahr«.

Schreiend springe ich auf, fest entschlossen, ihn zu retten, vor dem, was mir suspekt vorkommt.

Dicht gefolgt von allen, frage ich mich nicht, was sie von meinem Auftritt halten, bin indes erleichtert, nicht alleine nach oben zu müssen.

Jenny hält ihren Zeigefinger vor den Mund, um zu signalisieren, dass wir als stille Zuhörer und Zuschauer der Wiedervereinigung folgen, was mich überzeugen sollte. Sich heranschleichend drückt sie die Tür einen Spalt auf.

Kuddel sieht glücklich aus, ich gebe es zu, wenn ich die Worte seiner Schwester auch als Pfeile wahrnehme.

Sie diskutieren über die Vergangenheit, viele Entbehrungen, Abstürze und familiäre Lügen.

Wiederholt spricht er Entschuldigungen aus und kann einem leidtun.

Wer hat sich bei ihm je entschuldigt?

»Anna, es verging kein Tag, an dem ich nicht an Dich gedacht habe. Ich habe Fehler gemacht, die nicht zu korrigieren sind, weil ich uns gemeinsame Zeit geraubt habe, die wir nicht zurückbekommen. Warum habe ich Dich im Stich gelassen?«.

Die Erklärung, die uns bekannt ist, dass er eine zweite Schwester nach dem Unfalltod von Alina nicht ertragen konnte, lässt diese kaputte Frau nicht gelten.

»Ja, verdammt. Du bist abgehauen, weil Du feige bist. Deinetwegen habe ich mein Leben vergeigt. Ich hatte eine glorreiche Zukunft, die Du mir genommen hast. Hast Du je an jemand anderen als an Dich gedacht?«.

Kuddels Mine verfinstert sich.

»An mich habe ich am wenigsten gedacht. Ich habe mich nicht gespürt«.

»Du armes Opfer. Ich hasse Dich und glaube an Deine Schuld. Wie hieß sie? Alina? Da hast Du bewiesen, dass Du ein Typ bist, der einzig sich sieht. Abwägungen anderer Interessen finden keinen Platz. Du bist ein Egoist der Extraklasse und hast zu verantworten, dass unsere Schwester keine Chance aufs Leben bekam«.

»Ich war sechs Jahre«.

Anna-Lena lacht schallend.

»Du Heuchler. Jetzt bist Du unheilbar krank und brauchst es für Dich, dass alle Dir verzeihen. In eigener Person erledigst Du diesen Job nicht und schickst Hunde vor. Erbärmlich«. Mir stockt der Atem und hilfesuchend schaue ich zu Eddy.

»So ist Kuddel nicht«.

Mein trauriges Fazit eines verkorksten Vorhabens wird jäh unterbrochen, als Jenny uns einen Hinweis gibt, dass Anna-Lena einen Hammer aus der Werkezugwand zieht.

Oh nein, Kuddel schaut aus dem Fenster und hat ihr den Rücken zugewandt.

Ich schubse Eddy vor und mit lauten Schreien stoppen wir diese Frau in ihrem Wahn.

»Lass sofort den Hammer fallen«, rufen unsere ›Mamas‹, woraufhin ihr Kuddel - aufmerksam geworden - diesen aus den Händen schlägt.

»Was ist hier los?«.

Zwei Polizeibeamte stehen in der Tür und hören Jenny aufmerksam zu, als sie die Geschehnisse schildert.

Fassungslos sind wir alle, als sich Anna-Lena wortlos und ohne sich zu verteidigen abführen lässt.

Mit inadäquatem Lachen schreit sie unaufhörlich, dass sie sie in eine Psychiatrie bringen sollen, weg von ihrer kaputten Familie.

Kuddel zittert und weint.

Ahnend, dass in ihm erneut ein Teil gestorben ist, rührt sich in mir ein schlechtes Gewissen, für diese Situation die Verantwortung zu tragen.

»K(n)uddel-Seebär?«.

Meine begleitenden Tränen verraten, wie nah mir sein Schmerz geht.

»Ich habe das nicht gewollt«.

Er zieht mich sanft ran, drückt sein Gesicht in mein Fell und ich höre ihn schluchzen, dass ich das Beste bin, was ihm in seinem Leben passiert sei.

Das betont er an diesem Tag noch viele Male, als wir alle zusammensitzen, um das Geschehene zu verarbeiten.

›Omama‹ war es, die die Polizei verständigt hatte.

»Wie konntest Du ahnen, dass da oben Schreckliches passieren könnte Mama?«, fragt Jenny.

»Weißt Du, Kind, ich kenne Eddy und Mo. Dieses ungute Gefühl, von dem Mo sprach, beschlich mich gleichfalls. Mo ist ein Genie, wenn es um Gefühle geht, die viele nicht erkennen. Er fühlt zwischen dem, was andere empfinden. Wahrhaftig habe ich unserem Kuddel gewünscht, dass wir falschliegen. Vorsorglich habe ich Hilfe geholt und war bereit, mich zu entschuldigen und die Konsequenzen zu tragen, sollte ich einen Fehlalarm auslösen«.

»Oh Mama. Man rechnet mit Versöhnung und es kommt zu einer Abrechnung, die haltlos ist«.

»Es ist Zeit zum Abschiednehmen. Träume sterben, das geschieht nicht einzig in meinem Leben«, spielt Kuddel den Starken.

»Sie ist kaputt, bedauerlicherweise. Wenn jemand Vorwürfe verdient, ist es ihr Vater. Ich glaube nicht, dass ihr zu helfen ist. Du musst loslassen. Was verlierst Du? Ein Bild, dass Du Dir von ihr gemacht hast, dem sie nicht ansatzweise entspricht«.

Ich finde mein Statement richtig gut.

»Gucke ich hier in die Runde, sehe ich, was ich in den zurückliegenden Monaten gewonnen habe. Jeder von Euch ist ein Juwel«.

Nein, er brauche keinen Trost, lässt er uns wissen, er fühle sich vom Leben nachträglich beschenkt.

Männertag

Entgegen meiner ersten Einschätzung, dass Kuddel erstaunlich gut wegsteckt, wie massiv er von seiner Halbschwester verurteilt und gehasst wird, erfahre ich Dinge, die mir Anlass zur Sorge geben.

Jenny berichtet, dass er viel zu lausig schläft seitdem.

Exzessives Arbeiten an Möbeln, die er für Bekannte von Marianne aufarbeitet, verursacht ein Ungleichgewicht zwischen Stress und Ruhephasen.

Letztere bewertet er als überflüssig.

»Gesund ist das nicht«.

Traurig schaut sie mich an.

»Eine neue Art von Rückzug?«.

»Das ist es ja, Mo. Augenblicklich ist er entgleist und anders drauf. Laute Musik während der Feinarbeiten. Wenn Mama, Tobi und ich ihm zusehen, spricht er ohne Punkt und Komma. Dieser Redefluss, er passt überhaupt nicht zu ihm«.

»Buchstäblich eine veränderte Auffälligkeit. Essen und Trinken - achtet er auf sich zumindest in dieser Hinsicht?«.

»Er lässt den einst geliebten Käsekuchen von Mama unberührt stehen. Kaffee hat er gegen Energydrinks ersetzt. Und er raucht vermehrt«.

»Hört sich nicht gut an. Gib ihm Zeit«.

»Würde ich, wenn ich wüsste, dass er noch viel zur Verfügung hat. Er hat seine Kontrolluntersuchung nicht wahrgenommen. Angeblich könne er am besten beurteilen, dass mit ihm alles in Ordnung sei«.

»Heute habe ich keine Zeit«, lüge ich ihr dreist mit schlechtem Gewissen ins Gesicht, weil ich noch nicht weiß, wie ich es schaffe gegenzusteuern.

»Morgen schnappe ich Eddy. Wir machen mit Kuddel einen Männertag. Füllst Du uns einen Picknickkorb? Ohne dieses Energiezeugs, keine Zigaretten, für meinen Kumpel und mich bitte Knoblauch-Salami und cremigen Käse«.

»Wird gemacht. Ich bin Euch unsagbar dankbar«.

Bei der Verabschiedung wirkt Jenny zuversichtlich und erleichtert, während ich planlos zurückbleibe.

Als ich Eddy erzähle, mit was für einem Anliegen sie zu uns gekommen ist, fällt ihm nichts ein, was den inneren Zustand von Kuddel in die Bahn lenkt, die er vor Kurzem für sich entdeckte.

»Hauptsache er nimmt Abstand von einer neuen Dummheit. Sein Lebenswandel ist schwer durchschaubar. Wie seid Ihr verblieben?«.

Verhasster Schlamassel, mir fällt es schwer, ihm eine befriedigende Antwort zu geben.

»Morgen zelebrieren wir einen Tag für Männer. Bist Du mit von der Partie?«, verheimliche ich, dass er fest eingeplant wurde.

»Glaubst Du im Ernst, dass Du ihn bewegen kannst, Zeit zu erübrigen, ohne dass er weiß, was auf ihn zukommt?«.

Über diese Frage muss ich nachdenken und bitte Eddy, dass wir weiter in den Tagebüchern lesen.

Fiete versteht es, mich auf den Boden zurückzuholen.

Hatte ich nicht vor zehn Minuten oben an Deck den größten Ärger?

Ich platzte vor Zorn, suchte meinen Freund und empfand eine Ruhe, die wohltuender nicht sein könnte.

Wie macht er das?

»Lese weiter, Eddy. Ich brenne. Wir finden in den folgenden Zeilen Details, die uns helfen, ihn zu verstehen«.

»Ich glaube, ich habe es«.

Fiete hat ein Talent zu fühlen, was und wer mir wichtig ist.

Er beginnt nach meiner geliebten Mama zu fragen.

Alles würde ich stehenlassen, um von ihr zu erzählen.

Stolz bin ich, dass sie bei all der Trauer, die sie durchleben musste, und vielen Problemen zu keiner Zeit vergessen hat, mir zu zeigen, wie wichtig ich ihr bin.

Mehr noch, sie gibt mir das Gefühl von grenzenlosem Geliebt-Werden.

Hoffentlich lernt Fiete sie schnellstmöglich kennen.

Diesen Gesichtsausdruck von Eddy kenne ich. Es handelt sich um einen Mischzustand aus ›ich muss grübeln‹ und einem ›Aha-Moment‹.

»Eine Idee?« - hoffe ich auf den erlösenden Vorschlag für morgen.

»Vielmehr eine Feststellung. Ihm half scheinbar aus jeder Situation, war sie noch so prekär, das Reden über den Menschen, der sein Leben ausmachte«.

»Seine Mama«.

»Exakt. Wir gehen mit ihm ans Wasser. Das für ihn wichtigste Element«.

»Wenn er nicht will?«.

»Bist Du gefragt, Mo. Dein Draht zu ihm ist so wie der, den Fiete zu ihm hatte. Lade ihn ein auf eine Erinnerungsreise an seine geliebte Mama«.

Ich bin verunsichert, ob dieser Plan aufgehen kann.

»Liest Du noch ein Stückchen?«.

Fiete merkt, wann ich bereit bin zu sprechen und nimmt mir nicht übel, dass es Zeiten gibt, in denen ich die Stille suche, inklusive der verbalen.

Zusammen schweigen kann viel sagen.

»Siehst Du, Eddy. Wie soll ich wissen, in welcher Zeit er sich befindet? Wenn er kein Gespräch wünscht, wird er mich abkanzeln, sobald ich Fragen stelle, die seine Mutter betreffen«.

»Du tust Dich sonst nicht so schwer, wenn es um Kuddel geht.

Zerbreche Dir nicht den Kopf und lass es auf Dich zukommen«.

Er schlägt zu meinem Bedauern die Tagebücher zu.

»Wenn es um das Befinden geht, hilft die beste Vorbereitung nicht. Komm, wir schauen, ob die Großen unseren Spaziergang vergessen haben«, stößt mich mein Kumpel an.

Und das Schnuppern lenkt mich ab.

Nicht für einen Moment denke ich an die Bitte von Jenny.

Das ändert sich schlagartig, als wir zurück sind.

Wie suchen sie einen heim, diese ›Grübel-K(l)etten‹, die aus heiterem Himmel einsetzen und die man nicht unterbrechen kann?

In meinem Schlafkörbchen finde ich Ruhe und erholsamen Schlaf.

Ist heute bereits morgen?

Der Tag, an dem Jenny eine Meisterleistung von einem Shih Tzu erwartet?

Eddy stürmt auf mich zu.

»Wir warten auf Dich«.

Unsere ›Mamas‹ stehen mit dem Autoschlüssel in der Hand in der Haustür, um uns zu Kuddel zu fahren.

Wie ausgewechselt läuft mein Gehirn-Uhrwerk auf Hochtouren und spuckt positive Energie aus.

Ich vertraue auf das Band zwischen ihm und mir.

»Wo ist unser dritter Mann?«, stürme ich zuversichtlich auf Jenny zu.

Sie zeigt nach oben.

»Da, wo er seit Tagen ist. Er will nicht mit«.

»Papperlapapp. An mir führt kein Weg vorbei«.

Schnell laufe ich zu ihm.

»Kuddel? Du musst ans Meer«.

»Mein Schatzi Mo. Ich kann und will nicht. Schau, ich mache aus diesem alten Schrank einen wahren Eyecatcher. Die Patina bleibt erhalten. Es ist ein Lieblingsstück von Friedhelm, einem alten Sandkastenfreund von ›Omama‹«.

Jenny hat nicht übertrieben, Kuddel spricht wie eine aufgezogene Spieluhr.

»Beeindruckend. Heute brauche ich Deine Hilfe«.

»Kann das bitte bis morgen warten? Ich habe absolut keine Zeit«.

Er wendet sich ab und der Kommode zu.

Enttäuscht und ernüchtert, ihm so wenig wert zu sein, mache ich kehrt.

An der Zimmertür bleibe ich kurz stehen.

»Weißt Du, Kuddel, ich dachte, Du seist anders als andere. Holz geht Dir vor einer Hundeseele, die um Hilfe schreit? Deine Mama würde Dich nicht wiedererkennen. Ob Du Fiete gegenüber ehrlich zugegeben hättest, jemanden im Stich gelassen zu haben? Viel Spaß noch mit dem toten Material«.

Es sollte nicht so theatralisch klingen, bis in mir die Tränen aufsteigen, meine Stimme bebt und zittrig klingt, nah einer Verzweiflung stehend.

Ich komme nicht über die erste Treppenstufe hinaus, als ich eingeholt werde.

»Nichts ist mir wichtiger als Deine Seele. Komm, Jenny fährt uns garantiert zum Wasser«.

Eine Stunde später sitzen Eddy und ich an der Seite unseres Kuddels am Elbstrand.

Er lässt den hellen Sand durch seine Finger rieseln und guckt sehnsüchtig aufs Wasser.

»Dieses Fernweh ist geblieben. Bis heute tue ich mich schwer mit dem endgültigen Land-leben. Jenny meinte kürzlich, wir sollten uns ein Hausboot kaufen. Die Idee war süß, allerdings was wäre das für ein Ersatz? Ein verlogener Kompromiss liegt mir fern. Wir waren vom Meer umgeben, diese Weite. Fiete und ich schauten auf das Wasser, wie es sich spiegelte. Es hatte eine Eigendynamik und wir konnten stundenlang Silhouetten erkennen. Sah ich einen Delfin in den Kreisen, erkannte er einen Engel. Meine Flugzeuge waren seine Autos.

Verdammt, ich rede von mir. Mo? Was bedrückt Dich?«.

Als Eddy Gefahr läuft, meine Flunkerei auffliegen zu lassen, stoppe ich ihn durch einen Schlag in die Seite.

»Aua«.

»Was ist Eddy?«.

»Frag Mo«.

»Das Gefühl, ausrasten zu können, ist mir nicht fremd. Es erleichtert Dich nicht. Rede mit uns«.

Das wird mir zu bunt.

»Bist Du jetzt in die Therapeutenrolle geschlüpft Kuddel?«.

»Viel mehr. Ich bin Dein Freund«.

Das hat er schön gesagt und ich muss Farbe bekennen.

»Anhaltend traurig fühle ich mich. Deinetwegen. Du arbeitest zu viel und schläfst zu wenig. Die Flucht in die Arbeit ist gefährlich, wenn Du Arzttermine nicht wahrnimmst. Wenn Du ehrlich bist, datieren wir den Beginn dieses veränderten Schlaf-Wach-Rhythmus auf den

Tag der Konfrontation mit Anna-Lena. Du steckst das nicht gut weg«.

»Und wenn?«.

Ich erzähle ihm von dem weiteren Exkurs durch seine Tagebücher.

»Hat Fiete Deine Mama kennengelernt?«.

»Dass ich es verneinen muss, schmerzt enorm. Sie waren sich wichtig. Hört sich das blöd an?«.

Er erklärt, dass sie beständig nach ihm gefragt habe, wenn er zu Hause gewesen sei. Umgekehrt seien Fietes ersten Fragen in ihre Richtung gegangen, sobald sie zurück an Bord mussten.

»Du vermisst die Zwei«.

»Unsagbar«.

Traurig schaut Kuddel zu einem Dampfer, der große Wellen verursacht.

»Das ist es«.

»Was ist was?«.

»Das Leben«, erkläre ich »bringt Dich mit Menschen zusammen, die Dir wichtig werden. Dass sie einem genommen werden, ist hart. Was einem keiner rauben kann ist diese

Dankbarkeit für gemeinsame Zeit. Es liegt an jedem, Erinnerungen zu bewahren. Nirgendwo steht geschrieben, dass man den Kontakt zwingend halten muss zu jemandem, weil er zur Familie gehört. Anna-Lena hat ihr Leben zerstört. Hast Du darüber nachgedacht, wie sie erfolgreich ihr Medizinstudium absolvieren konnte, wenn sie ach so kaputt gewesen ist durch Dein frühes Rücken-Zuwenden gegenüber der Familie? Chefärztin war sie Kuddel. Da gehört eine Menge zu. Was anschließend geschah und dazu führte, dass sie heute als Messie und Alkoholikerin Schuldige sucht, wirst Du nicht erfahren. Wach auf. Du bist nicht verantwortlich für das Glück und Unglück anderer. Den Schlüssel findet man in sich«.

»Wollte sie mich umbringen? Jetzt, da ich ein Zuhause gefunden habe?«.

Ich klatsche in meine Pfötchen.

»Du lebst, merkst Du das? Es gab Momente, in denen Du überzeugt warst, gestorben zu sein«.

»Dein Aufräumen in meinem Leben, Mo habe ich diesen Schritt zu verdanken. Ich spüre mich und möchte nicht mehr zurück«.

»Kontrolluntersuchung? Läutet da was bei Dir?«.

Nachdem er mir versprochen hat, unverzüglich einen neuen Termin zu vereinbaren, machen wir uns über den Picknickkorb her.

Oben drauf liegt ein Zettel.

Wir wünschen Euch einen schönen Männertag. Genießt alles, womit Frauen nichts anzufangen wissen.

Jenny und Marianne

PS: Vier Männer wäre einer zu viel.

Haltet Kuddel vom Markieren ab.

Tobi

Ich traue meinen Augen nicht, als der Zweibeiner sich erhebt und markiert, indem er sich an einen Baum stellt, als fühle er sich aufgefordert.

Pfui.

Verzeihen kann ich ihm dieses proletenhafte Verhalten erst, als wir zu den echten Männerticks kommen.

Stöcke knacken, durchs Gestrüpp schleichen, Pfadfinder spielen.

Eddy springt übermütig ins Wasser und animiert uns ihm zu folgen.

Kuddel so ausgelassen zu sehen ist ein wunderbarer Erfolg.

Er bespritzt uns mit Wasser, womit er seine Bonuspunkte nicht verspielt, obwohl ich derartige Attacken verabscheue.

Erschöpft kommen wir an unseren Platz zurück.

»Schlafen wäre schön, Eddy, findest Du nicht?«.

»Oh ja. Guck hin, Kuddel hält nicht viel vom Ausruhen. Sein Akku läuft nicht leer«.

Wir schauen ihm zu, wie er große Steine sammelt, einen Kreis bildet, und die Hölzer, mit denen wir zuvor gespielt haben, landen in der Mitte.

Mit einem Feuerzeug, das er hervorzieht, entzündet er ein Licht, da die Dämmerung eingesetzt hat.

Das muss Romantik sein.

Kuddel singt leise am Lagerfeuer Country-songs und beeindruckt mit guter Stimme.

Langweilig wird es mit ihm nie.

Als ich aufwache, liegen Eddy und ich zu Hause in unseren Körbchen und erfahren von unseren ›Mamas‹, dass wir abgeholt wurden, als Kuddels Anruf kam.

Einer seiner schönsten Abende ließ er uns ausrichten.

In den nächsten Tagen werde er mehr Zeit mit Jenny verbringen, unser Verständnis vorausgesetzt.

Zweifel finden keinen Platz.

Er kämpft weiter.

Spannungen von ihm fernzuhalten wie den mit Anna-Lena, das ist ohne Frage das Wichtigste, was wir uns vornehmen, um diesen Erfolg nicht zu kippen.

Flaschenpost

Eine Wahnsinnsidee von ›Omama‹ haben wir spontan aufgegriffen und machen uns auf zu einer großen Hafenrund-fahrt.

Kuddel möchte die Containerschiffe, Schlepper und Kreuzfahrtschiffe betrachten, während alle anderen sich auf die Skyline der großen Stadt freuen.

Gebucht haben wir eine abendliche Lichter-show an Bord.

›Omama‹ will den Schmerzen und ihrer Immobilität trotzen, die ihr in den letzten Monaten zunehmend zu schaffen gemacht haben.

Wir sollen jeder eine Flasche, einen Zettel und Stift mitnehmen, bittet uns Kuddel, und unsere ›Mamas‹ erklären uns die Bedeutung einer Flaschenpost.

Eddy und ich sind Feuer und Flamme für Dinge, die uns nicht auf Anhieb einleuchten.

Auf dem Fahrgastschiff herrscht reges Treiben, was mich nicht hindert, mich sofort breit zu machen und zu überlegen, was ich auf dem Zettel für eine Notiz hinterlasse.

Wird meine Flasche überhaupt jemand finden?

Ein Mensch?

Ein Hund, der am Strand ziellos buddelt?

»Kuddel? Meldet sich der Finder bei mir?«.

»Wenn Du es Dir wünscht. Es setzt voraus, dass Du eine Telefonnummer und Adresse mitteilst«.

Ich gucke zu unseren Frauchen, die den Kopf ablehnend und vehement schütteln.

Das fängt ja gut an.

Auf einem Briefumschlag schreiben sie ständig derartige Angaben, ohne sich Gedanken zu machen, ob ihre Daten in die falschen Hände geraten.

›Omama‹ versucht mir näherzubringen, dass es nicht vorrangig darauf ankommt, dass diese Flaschen gefunden werden.

»Diese Bedeutung, dass wir alle was Besonderes teilen, spielt die ausschlaggebende Rolle. Jeder schreibt einen seiner größten Wünsche auf. Meine Tochter zum Beispiel, dass Kuddel ihr einen Heiratsantrag macht. Eure ›Mamas‹, dass sie Euch zwei lange bei sich haben. Unser Seefahrer sehnt sich nach Heilung von der heimtückischen Krankheit. Ich habe keine Wünsche mehr, mein größter hat sich erfüllt«.

»Du bist nicht befreit«, zählt Eddy sie an. »Jeder hat Wünsche«.

»Mir fällt was ein«, zwinkert sie ihm zu.

Neunzig Minuten vergehen schnell.

Unverständlich, dass Jenny und Kuddel Arm in Arm an der Reling stehen und den Ausblick genießen, während ich befürchte, dass uns die Zeit davonläuft.

»Kommt Ihr alle?«, drängele ich und klirre meine Flasche gegen die von Eddy, um mir Aufmerksamkeit zu verschaffen.

»Habt Ihr eine Idee? Ich helfe bereitwillig«.

»Wo denkst Du hin, Mo? Keine Hilfestellung. Es muss bei jedem Einzelnen von Herzen kommen. Das Besondere ist, dass wir unseren wichtigsten Wunsch abgeben und der Flasche die Bitte hinterherflüstern, dass dieser in Erfüllung geht. Darf ich mein Handy herumgeben, sodass jeder ein Foto macht?«.

Von niemandem ein Veto.

Es wird überlegt, hinübergeguckt zu den anderen, der Stift durch die Lippen gedreht.

Einfacher habe ich mir das vorgestellt.

Am liebsten würde ich Eddys Namen draufschmieren, würde ich ihn nicht längst besitzen.

Wünscht man sich was Materielles oder Ideelles?

»Du schummelst«.

Kuddel ermahnt mich.

Ich habe nicht annähernd auf die Zettel der anderen geblickt. Lesen gelingt mir nicht, da könnte der Text vor mir liegen. Er traut mir Überkopflesen zu? Wie leicht er sich blenden lässt.

Erstaunlich, wie schnell unsere ›Mamas‹ ihre Zettel fertig haben, einrollen, in die Flaschen stecken und den Korken fest auf den Flaschenhals drücken.

›Omama‹ und Jenny sind die nächsten, dicht gefolgt von Eddy.

Ich glaube es nicht.

Alter Streber.

Kuddel und ich überlegen.

Zumindest bin ich nicht der Letzte.

Zack.

Flasche zu.

Alle Augen sind auf den angestrengt nachdenkenden Mann gerichtet, von dem die Idee zur ›Buddel-E-Mail‹ kam.

Wir haben kaum damit gerechnet, als er endlich ans Ziel gelangt seinen Wunsch äußert.

«Ich reiche mein Handy rum und Ihr macht ein Foto Eurer Herzensangelegenheit.

Spannend, wie weit unsere Vorstellungen auseinanderdriften».

»Oder übereinstimmen«. Eddy boxt ihn stärker als beabsichtigt.

»Aua. In Dir steckt ein verborgener Kampfhund-Grobmotoriker«.

»Und Du bist naiv in Bezug auf Hundefähigkeiten. Wir sind eindeutig schlauer als Ihr.

Fotos schießen ist unter unserem Niveau. Um Deinem Wunsch zu entsprechen, nutzen wir Bedienstete«.

Kuddels Schadenfreude sei ihm gegönnt, ich stehe zu meinem Makel, dass meine Pfötchen nicht alles hinbekommen.

»Könnt Ihr unsere Zettel ablichten?«.

Ich gucke mit liebem Augenaufschlag zu meinen ›Mamas‹.

Nein, Bedienstete sehe ich in ihnen wahrlich nicht.

Sie sind unsere größte Stütze, ein unverzichtbarer Halt und der Platz, an dem unsere Liebe bewahrt wird.

Vor uns stehen alle Buddeln, beschwert durch Sand, den ›Omama‹ eingefüllt hat, als alle mit dem Handy beschäftigt waren.

An Deck tanzen und feiern mittlerweile viele Paare, die ausgelassene Stimmung tut Kuddel nach Monaten des emotionalen Drahtseilaktes sichtbar gut.

Ich frage mich, wie es mit allen weitergeht.

»Wünscht Ihr Euch Kinder?«, will ich von Jenny wissen.

»Herrje Mo, wir sind Rentner«.

»Ach nee. Ihr habt viel Zeit, woran es jüngeren Eltern zuweilen mangelt«.

»Meine biologische Uhr ist abgelaufen«.

»Deine logische was, bitte schön? Drehe sie zurück«.

›Omama‹ schmunzelt. »Ich trage kein Kind für Dich aus, meine Süße«.

Alle lachen und ich kapiere nichts mehr.

Dass sie keinen Kinderwunsch haben, reicht als Antwort, das muss nicht endlos ausgeschmückt werden.

»Was willst Du für einen Job an Land annehmen Kuddel?«.

Erneut kommt er mit der Rentner-Ausrede.

Ich kenne Rentier und ›Rent-a-car‹.

Nichts spricht gegen Familiengründung und Berufstätigkeit.

»Ich sehe Euch im Harz«, resümiere ich.

»Nicht, dass ich es abwerte. Stolz auf Sozialleistungen solltet Ihr dem ungeachtet nicht sein«.

»Was sollen wir ihm Harz?«. Kuddel scheint mich erstmals nicht ohne Erklärung zu verstehen.

"Ihr lebt vom Staat und schämt Euch nicht. Wenn das Eure Devise ist, nur zu«.

Geistesblitz?

Er scheint durchzusteigen.

»Recht hast Du Mo. Jenny? Wir sollten unser Glück mit zwei, drei Babys krönen. Obendrein erhalten wir Kindergeld, was wir nicht ins Wohlergehen der Kurzen investieren. Seit Langem trägst Du den Wunsch in Dir das Schlafzimmer neu zu gestalten «.

»Pflegekinder nehmen wir zusätzlich auf Schatz. Die können im Keller Heimarbeit für uns erledigen. Aufstockung unserer Zuwendungen, die uns nicht wirklich zustehen«.

»Es reicht«, findet Eddy.

»Macht es Euch größer, Mo vorzuführen? Er mag nicht von allem was verstehen, im Vergleich hat er Euch allen viel voraus. Scherzen tue ich wie Ihr für mein Leben gern, nicht aber auf Kosten meines Freundes«.

Ehe die anderen auf seine Ansage reagieren können, fährt er ihnen über den Mund.

»Tut was Sinnvolles und lasst die Flaschen von Bord. Damit meine ich nicht Kuddel und Jenny, sondern die Kleinen dort«.

Gut gekontert.

Wir ernennen ›Omama‹ zur ›Buddel-Königin‹.

Nacheinander wirft sie sie - jede vorher küssend - ins Wasser. Kurz schwimmen sie an der Oberfläche, bis sie langsam untergehen.

Die Tische sind alle besetzt und wir gehen zum Bug.

Von hier schauen wir dem Schiff voraus.

Auf einer ausgebreiteten Wolldecke sitzen wir, um den Moment zu genießen.

»Würde Euch stören, wenn ich nachsehe, wer sich was gewünscht hat?« hält Kuddel sein Handy - gepackt und inspiriert von einer außergewöhnlichen Stimmung - in die Luft.

»Unterstelle mir in Zukunft keine Neugier mehr«.

Uneigennützig gebe ich - wie alle anderen - mein Okay.

Er stöbert in seiner Fotobibliothek und wischt mit dem Finger über das Display.

Sein Schlucken bleibt keinem verborgen, bis er in Tränen ausbricht, sein Handy fallenlässt, aufsteht und uns zurücklässt.

»Hast Du was von Trennung geschrieben, Jenny?« - vermutet Eddy den Grund zu kennen, der zum Gefühlsausbruch führte.

»Oder Du, Marianne, dass Du keinen Lebenswillen mehr in Dir trägst?«.

Nacheinander schütteln sie energisch den Kopf und wirken ahnungslos.

Eine unserer ›Mamas‹ greift zum Handy.

Als ihr Tränen im Gesicht stehen, entschließt sie sich zum lauten Vorlesen.

»Kuddel wünscht sich Lichtblicke. Es sollte uns demütig machen angesichts seiner Erkrankung, dass er kontrovers zu allen Vermutungen nichts von Gesundheit schreibt. Licht ist das, was ihm am meisten bedeutet«.

Ich bin zutiefst berührt, weil ich auf meinen Zettel schreiben ließ, dass ich Kuddel ein Licht wünsche.

Nicht einzig mein Gedanke.

Als hätten wir alle voneinander abge-schrieben, steht auf jedem Zettel am Meeres-boden der Wunsch nach DIESEM Licht.

In der Summe viele Lichtblicke.

Die Tränen, die sich bei keinem zurückhalten lassen, haben wir gemeinsam, bis Kuddel vor uns steht.

»Nie zuvor war ich jemandem wichtig, außer meiner Mama. Jeder Einzelne von Euch könnte sich so viel für sich wünschen. Ihr denkt an mich. Mir fehlen die Worte und ein Lichtblick ist, bei Euch zu sein. Womit habe ich das verdient?«.

»Damit, dass Du bist, wie Du bist«. Jenny steht auf und hält ihren Freund fest im Arm.

Auf der Website zum Ticketkauf wurde uns Romantik versprochen.

Dieser Lichterfahrt wohnt ein besonderer Zauber inne.

Spuren

Fußspuren im Sand

*T*aps.

Ein weiterer Taps.

Ich drehe mich um und begutachte meine Pfoten-Abdrücke im Sand, zu denen parallel Kuddels Fußspuren groß und breit wirken.

Mit einigen Schritten zerstört er meine Spur.

»Was tust Du?«.

»Ich will sehen, ob ich mich auf Deinem Weg wohler fühle«.

In Kuddel scheint Wichtiges vor sich zu gehen. Zu gern wüsste ich, was ihn beschäftigt.

»Deine Schuhabdrücke zerstören«.

»Das ist es, Mo. Ich trampele durch mein Leben, ziellos und ohnmächtig und verletze andere, indem ich den Weg kreuze. Weißt Du, was mich beeindruckt? Ihr seid als ausgewachsene Hunde noch wie Kinder. Ihr benötigt keine Ziele und fragt Euch vorher nicht nach dem Sinn einer Route. Wir Menschen wägen ab, was bei Fehlentscheidungen zu Irrwegen führt. Meinen Weg wünsche ich niemanden. Vielversprechend, dass ich ihn neben Dir fortsetzen darf«.

Von Zeit zu Zeit ist mir dieses Psycho-Geschwafel zu hoch und zu viel.

Wir tun nichts weiter, als über den Elbe-Sand zu laufen.

»Komm rüber und laufe mit Deinen Pfötchen durch meine Spuren«.

»Aye, aye, Sir. Und jetzt? Fühlen tue ich mich nichts anderes als zuvor neben der Spur«.

»Neben der Spur?«.

Kuddel lacht herzergreifend.

»Spaß beiseite. Meine Fußspuren sind eine Nummer zu groß für Dich, kleiner Krieger«.

Er bückt sich herunter.

»Guck. Hier siehst Du meine Schuhe, Größe 46. Nebenan sieht man einen Teil Deiner Pfote.

Wir gehen ihn gemeinsam - unseren Weg. Früher hat es einen bloßen Abdruck gegeben. Ich habe ein Tagebuch bei mir, aus dem ich Dir vorlesen möchte«.

»Wenn es nicht den nächsten Abschied beinhaltet«, bemerke ich traurig.

Die letzte Zeit hat viel Kraft gekostet.

»Folge mir«, bittet er mich und läuft hoch zu einer Wiese, auf der wir es uns bequem machen.

Das Rauschen des Wassers im Hintergrund hat was außerordentlich Beruhigendes.

Es kann losgehen.

Kuddel öffnet sein Tagebuch an einer Stelle, die er explizit durch ein Lesezeichen gekennzeichnet hat.

Heute konnte ich nicht mit Fiete sprechen.

Der Geburtstag von Alina.

Wie würde sie heute aussehen?

Hätte zumindest sie es zu einem Familienleben gebracht?

Ich vermisse sie schrecklich.

Schwer ist es an Bord, meinen Mann zu stehen, wenn es tief in mir schreit.

Im Grunde bin ich ein Wahrheitsfanatiker, heute habe ich gelogen.

Meinem besten Freund konnte ich nicht sagen, was in mir für ein Sturm tobt.

Gerade er würde mich verstehen, stattdessen entschuldigt sich der Feigling Knut mit starken Kopfschmerzen.

Fietes Fürsorge und Besserungswünsche passen zu meinem schlechten Gewissen.

Einsam sitze ich hier vor dem Papier.

Meine liebe Alina, alles würde ich geben, um zu erfahren, ob Du bei diesem Scheißunfall Schmerzen erlitten hast.

Habe ich die Antwort auf die Frage verdrängt, ob Du auf der Stelle tot warst?

Ich als Dein Bruder fühlte mich seither unvollständig, als hättest Du die eine Seite von mir mitgenommen.

Damit besitzt Du heute mehr von mir als das, was mir von Dir geblieben ist.

Ich möchte um Dich weinen und schaffe es nicht.

Es gibt diese Tage, an denen ich mich zwinge zu Gefühlsäußerungen und dem Zeigen von Verzweiflung und Traurigkeit.

Augen zukneifen, bis sie schmerzen.

Nicht eine Träne fließt aus ihnen.

Du hättest Millionen kleiner Perlen verdient.

Ich bemerke, dass Kuddel eine Lesepause einlegt.

Meine Augen hielt ich die ganze Zeit geschlossen, um aufmerksamer zuzuhören und mich nicht durch Außeneinflüsse ablenken zu lassen.

Als ich zu ihm aufblicke, sehe ich dieses Tränenmeer in seinem Gesicht.

»Du weinst, Kuddel«.

Er nickt zustimmend.

»Aus diesem Grund habe ich die Stelle markiert. Ich konnte zuvor nie weinen«, erklärt er.

»Da kommt Ihr und legt meine Gefühle frei.

Die, die zeitlebens verschüttet schienen. Schuldig fühlte ich mich gegenüber Alina, dass ich ihr meine Trauer nicht zeigen konnte. Heute weiß ich, dass es befreit, wenn man den Frust, dieses Unverständnis für das böse Schicksal heraus weint. Die Trauer wird nicht kleiner, aber mein Herz leichter«.

Kuddel steht auf, reißt die Hände in die Luft, als wolle er jemandem oben zuwinken, und schreit gen Himmel.

«Alina, schau her. Hier sitzt ein kleiner Hund an meiner Seite. Ginge es um Größe, würde er Dich berühren können, ohne sich zu strecken«.

Schluchzend lässt er sich auf die Knie fallen, streichelt mich und stammelt stereotyp, wie dankbar er sei für diese ›Mission‹, die er anfangs als Spinnerei abtat.

Ich schlecke ihm über die Hände, die mich streicheln.

»Geht es Dir heute nicht viel schlechter? Im Seniorenheim warst Du viel am Lachen, heute sehen wir Dich vorherrschend erschüttert. Die Traurigkeit quält Dich«.

»Zuvor habe ich geschauspielert, um anderen den Umgang mit mir zu erleichtern. Gefühlt habe ich mich nicht. Und wenn, waren es diese furchtbaren Zustände. Glücklich war ich mit dem aufgesetzten Lachen zu keinem Zeitpunkt«.

Um mir ein weiteres Beispiel zu liefern, schlägt er im Buch eine weitere Passage auf.

Heute haben sie mich befördert.

Muss man nicht glücklich sein über eine entsprechende Anerkennung?

Feiern andere und suchen nach Bewunderung?

Wie funktioniert es, dass ich nach außen transportiere, was mich freut?

In mir steigert sich die Angst ins Bodenlose, den neuen Aufgaben nicht gewachsen zu sein.

An Maschinen herumzuschrauben, das ist meins.

Ich fühle mich zu Hause bei allen Dingen, an die ich Hand anlegen muss.

Ab sofort muss ich mich um Menschenführung kümmern, Entscheidungen treffen und ein Know-how abrufen, das ich mir nicht zutraue.

Ich werde als Offizier scheitern.

Warum habe ich nicht abgelehnt?

Weil ich ein verdammter Feigling bleibe.

Jedem gerecht werden, bloß nicht auffallen, negative Bewertungen krampfhaft vermeiden und das erfüllen, was andere scheinbar erwarten.

Es zieht sich durch mein Leben.

Zuvor verbrachte ich den größten Teil der Zeit mit Fiete.

Sehe ich ihn überhaupt noch?

Übersteht unsere Freundschaft diesen Vertrauensbruch?

Er meinte, er sehe keinen.

Warum fühle ich mich, als lasse ich ihn im Stich?

Welchen Preis zahle ich im Endeffekt?

Von Selbstzweifeln zerfressen ahne ich heute eine Fehlentscheidung getroffen zu haben.

Kuddel guckt mir in die Augen.

»Heute würde ich ehrlicher zu dem stehen, was ich mir wünsche und was mich überfordert«.

Er erklärt, dass er diesen Schritt zum Offizier unzählige Male bereut hat.

Dieses ständige Funktionieren habe alle Kraft gekostet. Zuvor hätten Fiete und er sich an schlechten Tagen hinter ihren Maschinen vergraben. Niemandem habe man Rede und Antwort stehen müssen. Ein weiterer Vorteil sei gewesen, dass er seinen Freund permanent um sich gehabt habe.

In der neuen Funktion sei dies nicht mehr möglich gewesen.

»Menschlich hat es mit meinen neuen Kollegen nicht gepasst. Nicht, dass sie zu viel verlangt hätten, die Ansprüche waren per se extrem hoch. Der Zusammenhalt zwischen den Mechanikern hat mir am meisten gefehlt. Die Abzeichen auf der Uniform haben sich viele mit Ellenbogenmentalität erkämpft. Mir waren sie unwichtig. Die steigende Sehnsucht zurück in den Maschinenraum, an die Seite meines einzigen Freundes, wurde übermächtig. Seinerzeit hat mir einzig geholfen, den Schauspieler zu mimen«.

»Was hast Du heute verändert?«.

»Du kannst es nicht wissen, stimmt. Ich restauriere diese Möbel. Vor Kurzem trat eine alte Schulfreundin von Jenny an mich heran mit einer Bitte, die mich überforderte. Ich traute mir dieses Ausbessern einer antiken Standuhr nicht zu. Statt es zu versuchen, habe ich den Auftrag abgelehnt, ohne krampfhaft nach einer Ausrede zu suchen. Früher hätte ich ein Zeitproblem vorgeschoben, mit der Veränderung in mir und dem neuen Selbstwert vertraute ich auf mein Gefühl und gab unumwunden zu, dass es mir zu umfangreich und schwierig sei. Zu merken, dass sie überhaupt nicht böse war, tat gut. Ich stehe zu Schwächen und Befürchtungen und fühle mich gestärkt, sobald ich Defizite verbalisiere. Das habe ich Eddy und Dir zu verdanken«.

»Komm, wir gehen ein paar Schritte«, lade ich ihn zum Stromern ein, die perfekte Ablenkung und ein Heraus aus dem Chaos, das durch Gefühle verursacht wird.

»Es ist nicht gut, in der Vergangenheit zu leben. Eddy wäre um Haaresbreite dran zerbrochen. Das Hier und Jetzt ist entscheidend. Um dort anzusetzen, hast Du verdammt viel an Dir gearbeitet und bist kein Stück von Dir weggegangen. Niemand weiß, wie viel Zeit uns bleibt. Nachholen kann man das meiste nicht. Es ist an der Zeit für einen Neustart. Du Kuddel?«.

»Hm«.

»Sollte ich Dich brauchen ...«.

»... hast Du Eddy«.

»Ich weiß. Unterbrechen tut man nicht. Ich kann mir nicht vorstellen, wie es ohne Dich sein wird. Ich will Dich nicht verlieren. Nicht jetzt und nicht nach unserer ›Mission‹. Ich spüre, dass wir nichts mehr für Dich tun müssen. Du benutzt Deine Beine«.

»Du machst so, als ob Ihr mich tragen musstet«.

»Vereinzelt kam es mir so vor«.

»Wer hatte wen öfter auf seinem Arm?«.

Kuddels Lachen wirkt so befreiend und voller Leben.

»Du?«.

»Hau raus«.

»Du hast mir keine Antwort gegeben«.

»Was daran liegt, dass Du nichts gefragt hast«.

»Bleibst Du in meinem Leben?«.

»Ungefragt! Meinst Du, ich will sterben, wenn in mir was in der Lage ist, es zu verhindern? Du bist und bleibst Teil meines Lebens, ein absolut wichtiger. Mich in einem Koffer im Krankenhaus zu besuchen, Hut ab«.

Wir laufen über den Sand, toben ausgelassen und verwischen unsere Fußspuren von vorhin.

Wege ändern sich.

Zuweilen bewahrheitet sich, dass das Leben vorbestimmt sein könnte.

Hildchen wollte nicht mehr leben und schickte mir einen ›Gestorbenen‹, der sich nichts mehr wünschte, als sein Leben kennenzulernen.

Danke Hildchen.

Kuddel würde Dich lieben.

Letzte Einträge?

Langsam kehrt Ruhe ein in unserem Leben.

Die letzten Wochen haben Eddy und ich das herkömmliche Leben als Hund genossen. Sich dreckig machen, faulenzen und mit Menschen Kontakt pflegen, wenn wir es wünschen.

Unsere Frauchen werfen Bälle durch den Garten.

Keine Ahnung, ob es meinem Kumpel Spaß bereitet, sie zurückzubringen.

Von jeher kann ich auf die runden Dinger verzichten. Die meisten passen nicht in mein Maul.

Leberwurst-Weitwurf wäre eine wünschenswerte Alternative.

»Mo, guck her«.

Als wäre es mir entgangen, dass sie einen kleinen Flummi werfen.

›Bong, bong, bong‹.

Unnachahmliches Kunststück.

Was Kuddel wohl macht?

Seit unserer Spurensuche am Strand haben wir nichts mehr von ihm gehört.

Ich erwarte keine grenzenlose Dankbarkeit, er soll sich wahrlich nicht verpflichtet fühlen.

Ein kleines Lebenszeichen würde mich ferner glücklich machen.

»Autsch«. Das Flummi-Ding trifft mich am Ohr.

»Ansage an denjenigen, der sich entschuldigen muss. Eine Wiedergutmachung ist überfällig, rechne ich vorherige Vergehen ein«.

Schuldbewusst kommt eine ›Mama‹ zu mir und will wissen, womit sie mir was Gutes tun kann.

»Weißt Du, ich vermisse den Kuddel. Seine ganze Sippe hat sich zurückgezogen von uns. Warum? Was ist verkehrt an mir?«.

»Bisweilen gibt es derartige Phasen. Die Jahreszeit spielt zusätzlich eine Rolle«.

»Du machst mir was vor. Das Wetter ist eine Ausrede, kein Grund«.

Wir führten bei unserem letzten Treffen noch tiefgründige Gespräche. Und er äußerte den Wunsch, mit uns allen zur See zu fahren.

Neu war es für ihn, Pläne zu schmieden, die sich verselbstständigten und sich schier überschlugen, ohne dass ein pathologisches Anzeichen zu erkennen gewesen wäre.

In privaten Zeitungsannoncen suchte er nach einem kleinen defekten Motorboot und im Internet nach einem Liegeplatz.

Er träumte von einem gemeinsamen Segeltörn durchs Mittelmeer, bei dem wir erfahren würden, was ihn faszinierte, tagelang die meiste Zeit auf See zu sein.

Eine Reise mit einem Kreuzfahrtschiff sei als Wunsch von ›Omama‹ und Jenny geäußert worden und er konnte sich gut vorstellen, zuerst das eine und anschließend das andere in Angriff zu nehmen.

»Mo? Mo!!! Träumst Du?«. Eddy wedelt mir mit einer Pfote vor dem Gesicht herum.

»Wie schnell vergisst ein Mensch?«.

»Frage mich ohne Umweg, ob ich glaube, dass Kuddel nicht mehr an uns denkt«.

»Und?«.

»Nein. Wenn einer uns auf seinem Plan behält, ist es dieser irrwitzige Seeheld. Er wird seine Zeit mit Jenny genießen«.

Es ist eine geringe Besänftigung, die er mit seiner Vermutung in mir auslöst.

Jährt sich nicht ›Omamas‹ Geburtstag?

Sie wird 93 Jahre.

Wenn das kein Grund zum Feiern ist.

Ich bitte meine Familie um einen Besuch an dem speziellen Tag. Definitiv möchte ich zu ihr.

Wenn ich Kuddel nebenbei begegne, handelt es sich um einen angenehmen Zufall.

Ob er noch Tagebuch schreibt oder endete das mit dem Verlassen des Schiffes?

Ich sammele Deko zusammen, Luftballons, Girlanden, Tröten.

Was unsere Frauchen alles aufbewahren, unter anderen Umständen unverständlich, heute Garant für gute Laune und große Freude.

»Kindergeburtstag?«. Eddy guckt mich verständnislos an. »Marianne kriegt einen Kuchen und Punkt«.

»Du benimmst Dich wie ein Mensch. Wer sagt, dass einzig die Kleinen ›Pustezeugs‹ und ›Knalldinger‹ lieben?«.

»Wie Du meinst. Blase die kleinen Dinger auf. Viel Spaß«.

Meint er die farbigen Ballons?

Ich weiß, dass ich auf Tücken stoße.

Am Mund zum Platzen bringen überlasse ich den Großen, ich brauche Eddy nicht in jeder Hinsicht.

»Könnt Ihr hier reinpusten? Ich suche die schönsten erst aus, wenn sie in voller Pracht erscheinen«.

Leichter als gedacht, Hilfe zu erhalten.

Ich weiß nicht, ob sie eine Ausbildung absolviert haben.

Nicht ein Ding knallt.

»Nehmen wir den Bollerwagen mit? ›Omama‹ wird sich sofort an ihren letzten Geburtstag erinnern«.

Später steht er da, hübsch geschmückt und prall gefüllt mit Sektflaschen, Kuchen und einigen Geschenken, die wir eilig besorgt haben.

»Ich ziehe ihn heute«. Ich dränge mich vor, aber was ich versuche, nicht einen Millimeter setzt er sich in Bewegung.

»Löst einer die Bremse?«.

»Er hat keine«, amüsiert sich Eddy. Mager wirkt sein Einwurf. Wo bleibt die Pointe?

Eine Blöße gebe ich mir nicht.

In meinem früheren Leben war ich ein Schlittenhund, falls ich das nicht geträumt habe.

Ich ziehe, ich schubse.

Verdammt.

»Seht her, ich bin übersät mit blauen Flecken«.

»Die Dein Fell bedecken«. Meine ›Mamas‹ sind kurz vorm Einschreiten.

»Blute ich?«.

»Dein Fell ist hell«.

»Einer von Euch muss den Wagen ziehen. Mir fiel noch rechtzeitig ein, dass ich Vorlaufen muss, um Jenny und Kuddel einzuweihen«.

»Stimmt. Diese Aufgabe kann Dir niemand abnehmen«.

Einer greift nach dem Wagen und es geht los, ich vorne weg.

Als das Haus in Sichtweite ist, überkommt mich eine böse Vorahnung.

»Sie sind nicht zu Hause«.

Die Jalousien sind zu dreiviertel runtergelassen, was bedeuten könnte, dass das Heim verwaist ist.

»Was machen wir jetzt?«.

Eddy prescht vor. »Wir klopfen erst mal«.

Das tut er, indem er mit der Rute wiederholt gegen die Haustür schlägt. Eine kleine

Ewigkeit später steht ›Omama‹ im Bademantel vor uns.

»Was macht Ihr hier?« - freut sie sich unübersehbar.

Unsere Frauchen geben ihre gesangliche Talentlosigkeit zum Besten und bringen ihr ein Geburtstagsständchen. Gerührt schaut sie auf den Bollerwagen.

»Ihr seid fantastisch. Ich hatte mich hingelegt, weil mir langweilig war. Kommt rein, ich ziehe mir fix was über«.

Im Wohnzimmer ist alles düster und von den anderen weit und breit nichts zu sehen.

Wir erfahren, dass es Kuddel seit einiger Zeit zunehmend schlechter gegangen sei. Starke Schmerzen, Schwindel und Übelkeit hätten ihn zum stundenlangen Liegen gezwungen.

»Es ging ihm doch gut«. Verzweifelt bin ich und will nichts hören, was in mir Angst schürt.

»Jenny hat ihn heute ins Krankenhaus gefahren. Das war vor vier Stunden. Ich habe noch nichts gehört. Hoffentlich bringt sie ihn nachher mit, das wäre mein schönstes

Geburtstagsgeschenk. Können wir jetzt anstoßen?«.

»Befinden wir uns nicht in der besten Kaffeezeit?«, grinst Eddy fett, was ›Omama‹ - geschickt - überhört und sofort nach den mitgeführten Flaschen greift.

Da sitzen die Großen und süffeln.

Warum dürfen sie ihren Kummer im Alkohol ertränken und wir müssen Qualen unverfälscht aushalten?

»Wer hat sich die Mühe mit den Luftballons gegeben?«.

Ich tippe mir mit einer Pfote auf die Brust. Schlagartig verstummt Eddy, weil er seine Meinung überdenken und anerkennen muss, wie gut meine Idee ankommt.

Wir hören einen Schlüssel im Türschloss.

»Sie kommen«, freut sich ›Omama‹ anfänglich, bis Jenny unbegleitet im Zimmer erscheint.

»Hallo Ihr vier. Schön Euch zu sehen. Feiert Ihr mit Mama? Tolle Idee«.

»Rede nicht drumherum, wo ist Kuddel?«, frage ich irritiert und befürchte, die Antwort zu kennen.

»Er muss vorerst im stationären Setting bleiben. Die Ärzte konnten auf die Schnelle nichts sagen«.

»Sie müssen eine Ahnung haben«, traut Eddy den Worten von Jenny nicht.

Erschöpft wirkt sie, als sie sich mit einer Hand am Tisch abstützt und sich auf einen Stuhl sinken lässt.

Ihre Augen sind leer, als sie mitteilt, dass die erste Vermutung der Behandler ist, dass die Chemotherapie nicht den gewünschten Erfolg zeigt.

»Ich habe ihn in sein Zimmer begleitet und war geschockt, als er aus heiterem Himmel starkes Nasenbluten als neues Symptom aufwies. Uns bleibt jetzt zu hoffen und zu beten. Er ist in guten Händen und es werden alle nötigen Untersuchungen durchgeführt. Als ich mich verabschieden sollte, sagte er was zu mir, dass mich traurig gehen ließ«.

Mir laufen Tränen übers Gesicht, als wir hören, dass er sich an Jennys Arm festgeklammert hat und meinte, dass er große

Angst vorm Leben gehabt habe. Jetzt habe er sie vor dem Tod und sie sei schlimmer.

Klappe es bitte nicht zu

Von Selbstzweifeln zerfressen, so muss sich das für Kuddel auf dem Schiff angefühlt haben.

War es ein Fehler mit Folgen, ihn auf seine Vergangenheit zu stoßen?

Wiederholt hörte ich, dass die Seele eine große Rolle bei ›Krebs‹ spielt.

Wäre er gesund, hätten wir nicht im Gestern gestochert?

Ein Besuch unserer ›Mamas‹ im Krankenhaus wurde von Kuddels zwischenzeitlichen Entlassung durchkreuzt.

Bis sie nähere Informationen von Jenny erhalten, beschäftigen Eddy und ich uns mit dem letzten Tagebuch.

Ein Typ wie ich und Depressionen?

Burn-out hört sich für einen stahlharten Kerl, der ich gern wäre, harmloser an.

Ich vermisse Mama und Fiete schmerzlich an Tagen wie heute.

Strahlend hell, wir haben angelegt und ich könnte von Bord gehen, wenn ich die Sonne ertragen würde.

Alle anderen sind bei diesen Witterungsbedingungen gut drauf, glücklich und mit ihrem Leben zufrieden.

In mir regnet es.

Unaufhörlich und Schäden hinterlassend.

Hinlegen ist das Einzige, das mir hilft, alles verdunkeln und weder visuell noch akustisch Dinge aufschnappen.

Ich muss beten, hat Mama gesagt.

Rufe ich ›ihn‹ da oben an? Ich flehe, dass alles anders wird, wenn ich nachher aufwache, dass ich später Ruhe finde und nichts spüren muss, was wehtut.

Gute Nacht, Welt.

Passe auf alle Kumpel, die an Land gehen,

intensiver auf als auf mich.

»Tröstet Dich nicht, dass er sich zu einem früheren Zeitpunkt explizit mit seinem desolaten Gefühlsleben beschäftigt hat, Mo?« versucht Eddy mir Trost zuzusprechen.

»Es setzte nicht mit unserer ›Mission‹ ein. Wer schreibt Tagebuch und gibt Gedanken ab, der angeblich alle verdrängt hat?«.

Denke ich darüber nach, komme ich innerlich zur Ruhe.

Stimmt, dass zwischen Gefühlen und Weiterleben so eine große Kluft nicht bestanden haben kann.

»Ob alles anders war nach dem Aufwachen, Eddy?«.

Mein Freund blättert weiter und wirkt hoffnungslos.

Zwei Stunden Albträume haben mich eiskalt erwischt.

Wann werde ich diese Bilder los?

Ob Alina noch träumen kann?

Gruselige Vorstellung, dass sie die auf sie zukommenden Fahrzeuglichter sieht, die ihr grell ins Gesicht scheinen, bis der Aufprall folgt.

Heute Abend laufen wir aus und ich muss funktionieren.

Wie bekomme ich den ›Pudding‹ aus den Beinen? Herzrasen und Schweißausbrüche, ich kann nicht mehr.

Liebe Mama, wie oft freute ich mich auf unser Wiedersehen?

Die Momente, in denen ich zurück zu mir fand, in denen meine Welt ein Stück weit heil schien.

Niemand, der auf mich wartet und mir das Gefühl gibt, was wert zu sein. Wenn mein einziges Zuhause das Innehalten auf Friedhöfen wird, möchte ich nirgends hingehören.

Was würde Fiete mir raten?

Diese Angst, mir dieses verkrachte Leben zu nehmen, habe ich verloren.

Was hält mich ab? Einzig, dass ich meinen Kollegen nicht zumuten werde, mich im Kühlraum zurücktransportieren zu müssen.

Ein derartiger Schritt wäre an Egoismus nicht zu übertreffen.

Vor einer Minute habe ich laut gelacht.

Du, mein Tagebuch, bist mein bester Freund.

Ich schätze, dass ich der Einzige auf dieser Erde bin, der dies bedauernswert erkennen muss.

Mein Wunsch, jemanden zum Reden zu haben, ist weit entfernt von jeglicher Realität.

Ich suche keinen studierten Fachsimpler, vielmehr einen, der mein Herz erreicht wie Mama und Fiete.

Lern sprechen Buch.

Bitte lern sprechen!

Eddy seufzt. »Jetzt verstehe ich, warum Du einen Draht zu ihm gefunden hast. DU bist es, Mo«.

»Was bin ich?«.

»Der hellste Stern am Himmel, der sagenhafteste Hund der Welt und der neue Freund von Kuddel«.

»Ich habe nichts falsch gemacht? Willst Du mir das sagen?«.

Eddy nickt, was mich von einer quälenden Schuld befreit.

»Du kamst zum richtigen Zeitpunkt«.

»Hildchen hat ihn gewählt und uns zusammengeführt. Ich hätte ihn sonst nicht kennengelernt«.

»Schicksal, erinnerst Du Dich? Es gibt das Gute, das lenkt und verbindet«.

Ich muss von Bord und ertrage die Enge nicht länger.

Mein Platz – ist er wirklich auf See?

Wie lange will ich noch vor meinem Leben davonlaufen?

Ich habe Träume und Ziele.

Die Depressionen halten mich fest im Griff.

Sobald einer in meiner Gegenwart lacht, zieht sich mein Magen zusammen.

Wie gelingt ihm das bei dieser Dunkelheit?

Warum sehen andere Sinn in Dingen, die ich mit Widerwillen ausführe?

Ich delegiere nicht mehr, es soll jeder machen, was er für richtig hält.

Eine Abmahnung hat es gegeben und auf die Kündigung hoffe ich.

Meinen letzten Landgang nutzte ich für einen Arztbesuch.

Diese heimtückische Krankheit, die in unsere Familie vermehrt vorgekommen ist, ist ein Segen.

Mich hat sie erwischt und der Rat des Arztes, mich sofort in Behandlung zu begeben, ist der erste Hoffnungsschimmer.

Den Tod nehme ich dankend an, was nicht heißt, dass ich nicht kämpfen werde. Meine Mama soll stolz auf mich sein über ihren Tod hinaus.

Nicht mehr fremdgesteuert funktionieren müssen, ich freue mich, meiner geliebten Seefahrt den Rücken zu kehren.

Wer weiß, was Großartiges auf mich wartet.

Gut, ich muss schmunzeln bei diesem Gedanken.

Mein Zuhause werde ich nicht mehr vorfinden.

Obdachlos zu sein oder in einem Zelt zu kampieren sorgt für übermächtige Angst. Ich vertraue auf Ämter in Deutschland, die mich auffangen. Am liebsten wäre mir die Aufnahme in einem Pflegeheim für Menschen meines Alters.

Bei der Idee, dass andere mich umsorgen, verspüre ich ein Ziehen in der Brust.

Habe ich das überhaupt verdient?

Sollte ich schnell sterben, klaue ich nicht zu lange jemandem einen Heimplatz.

Mama vertraute auf ihren Glauben, dass sich alles regelt, was ich zu verinnerlichen versuche.

Mein Papierfreund, Du bist der Erste, der von meinem Plan erfährt.

Ich gehe gehobenen Hauptes mit meiner Kündigung zu meinen Vorgesetzten, um einen Schlussstrich zu ziehen.

Mein Weglaufen vor mir muss ein Ende haben.

Eddy klappt das Tagebuch zu.

»Erschütternd. Es war eine Fügung, dass er in dem Heim Unterschlupf fand, in dem wir unsere ›Mission‹ verfolgten«.

»Ich stand kurz davor, ihn zum Teufel zu jagen, Eddy. Weil ich Hildchens Zimmer verteidigen wollte. Ich hätte mich just in dem Moment charakterlich nicht anders verhalten als die, die ihm zeitlebens zu schaffen machten«.

»Du konntest nicht wissen, was in ihm lebt und tobt«.

»Wir sind Hunde. Ich dachte, wir spüren alles«.

»Er hat es gut versteckt«.

Über vieles muss ich nachdenken, resümieren, was in den letzten Wochen geschehen ist.

Seine Worte zeugen von dem innigen Wunsch, sein Leben aufzuarbeiten und sich zu öffnen für die schrecklichen Dinge, die sein Leben bestimmten.

Ich kann es drehen und wenden, wie ich will, er war zu keinem Zeitpunkt über den Berg.

Glücklich wirkte er, was nicht zuletzt an Jenny und der neu gewonnenen Familie lag.

Sollten Eddy und ich ein Fünkchen Einfluss gehabt haben an seinen positiven Veränderungen, haben wir alles richtig gemacht.

»Seine Tagebücher haben viel erzählt. Braucht er sie noch?«. Ich gucke zu meinem Buddy.

»Schreiben tut ihm gut« bewertet Eddy.

»Reden befreit. Außerdem hat er in uns die Freunde, die ihm fehlten. Papier, wenn man es als geduldig bezeichnet, ersetzt keine ernstlich gefühlte Wärme«.

»What?«.

»Denke ich an Kuddel, ist mir wohlig warm. Arrogant und selbstüberschätzend, wie ich wirke, behaupte ich, dass es ihm genauso geht. Diese ›Kritzelblätter‹ bleiben Objekte. Ich muss ihn sehen«.

»Vermissen tue ich ihn wie Du. Komm, wir fragen, ob es Neuigkeiten gibt«.

Drinnen im Haus erfahren wir von dem zwischenzeitlichen Telefonat mit ›Omama‹.

Kuddel geht es den Umständen entsprechend gut.

Die erste Chemotherapie hat nicht zum erhofften Erfolg geführt, sodass eine weitere - hoch dosiert - angestrebt wird.

»Zum Glück hat es nicht gestreut«.

Unser Frauchen können aufatmen, als sie uns das berichten.

»Gestreunt? Dieses Herumirren meint Ihr das?«.

»Ähnlich. Metastasen wurden nirgends bei den bildgebenden Untersuchungen festgestellt«.

»Hasen? Reden wir von derselben Sache?«.

»Ach Mo. In einfachen Worten ist alles gut und er braucht eine intensivere Behandlung als die bisherige«.

»Schwere Worte verstehe ich. Ihr redet nur ständig so geschwollen. Ich fühle ihm auf den Zahn. Er war es, der seine Kontrolluntersuchungen nicht ernst genommen hat. Das geht so nicht weiter«.

»Wie willst Du es anstellen, dass er umdenkt?«.

»Ihm sagen, dass es mich umbringen würde, ihn zu verlieren. Ich kann nicht wie er einem Tagebuch vertrauen. Er hat so viel Mist durch. Einen Mord am Shih Tzu Mo - wird er riskieren, erneut in Misskredit zu geraten?«.

Siegessicher trete ich auf, bis mich Eddy anpflaumt.

»Makaber und mit erpresserischem Hintergrund - fiese Züge kenne ich von Dir nicht. Bleibe koscher. Sag ihm lieber, wie weh es uns tun würde, an seinem Grab um ihn weinen zu müssen«.

»Obermakaber. Feinfühlig ist das nicht. Wenn ich ihm sage, dass wir keine Lust haben auf die nächste ›Mission‹?«.

»Die da wäre?«.

»Beschäftigungstherapie für Jenny und ihre Familie. Betreutes Spielen ist auf Dauer langweilig. ›Omama‹ befindet sich auf dem letzten Stück ihres langen Weges. Eines Tages wird Jenny um sie weinen müssen. Kuddel hat die lösbare und wichtige Aufgabe für seine Jenny da zu sein«.

»Dein letzter Satz gefällt mir«.

Zufrieden widme ich mich meiner Mittagsruhe.

Dass wir bei allen am nächsten Tag eingeladen sind, lässt mich schnell zur Ruhe kommen.

Bucket List

Wehmütig starte ich in den nächsten Tag.

Wird es der Letzte sein, an dem wir gebraucht werden?

Eddy versuchte mir gestern schonend beizubringen, dass die Gesundheit von Kuddel im Vordergrund steht.

Viel habe ich bewirkt, aber jetzt ist der Zeitpunkt gekommen, an dem unser Offizier alleine weiterziehen muss.

Ungern lasse ich ihn los, merke dem ungeachtet, dass unsere ›Mission‹ beendet ist.

»Wo steckst Du?«. Eddy drängelt.

Unsere ›Mamas‹ warten und ich werde Stärke beweisen.

»Ich bin auf dem Weg«. Schnell die Tränen wegwischen und zu den anderen hinablaufen, um Kuddel in sein neues Leben zu entlassen.

Im Auto folge ich den Gesprächen nicht, höre im Radio einem Song zu, der von Liebe handelt. Sonst habe ich es als kitschig abgetan, heute berühren mich die Worte auf seltsame Weise.

Als wir um die Ecke biegen, stelle ich mich auf die Hinterbeine und blicke durch die Scheibe.

Da steht er und wartet auf uns.

Gut schaut er aus, weder unglücklich noch krank.

»Haltet schnell an«. Ich kann nicht abwarten, bei ihm zu sein.

Kuddel reißt die Autotür auf und mich an sich.

Zwei Herzen schlagen im Takt.

»Mein Großer, man bin ich glücklich, dass Du da bist«, stammelt er – unbeholfen wirkend. Ich genieße seinen Zustand, weil er mir zeigt, dass er gelernt hat, Gefühle zu äußern.

»Danke, wir sind hier drüben«. Irre ich mich, dass das Dazwischen-Preschen von meinem Kumpel nach Eifersucht klingt?

Dass ich noch erleben darf, dass Eddy an eigenem Leib spürt, was das mit einem macht.

»Schön, dass Ihr gekommen seid. Die anderen warten. Braucht Ihr Mo?«.

»Was soll die Frage? Selbstverständlich bekommst Du ihn nicht«. Eddys Augen funkeln ihn kampfbereit an.

»Ich entführe ihn kurzfristig und bringe ihn Dir zurück, versprochen«.

Beleidigt trottet mein Kumpel ins Haus, gefolgt von unseren Frauchen.

»Du darfst nicht sterben« schluchze ich - noch auf seinem Arm sitzend.

»Kein Mensch weiß, was morgen ist. Ich könnte Euch alle vorher verlieren. Das Leben ist nicht zu berechnen, was nicht bedeutet, dass es nicht zu füllen geht«.

»Meins ist ausgefüllt, Kuddel. Was fehlt Deinem?«.

»Hast Du keine Wünsche mehr? Welche, die Du Dir noch nicht erfüllt hast?«.

Kurz muss ich nachdenken, um im Brustton der Überzeugung zu verneinen.

»Gebe ich Dir ein ungutes Gefühl, indem ich von einem perfekten Leben spreche?«.

Er schüttelt den Kopf.

»Nichts hast Du mehr verdient, Mo. Dein Glück macht mich selig«.

»Welches Loch musst Du stopfen?«.

»Verwirrt es Dich, dass ich mir Träume verwirklichen will, bevor ich abtrete?«.

Schlau werde ich aus seiner Frage und den Andeutungen nicht.

»Meine persönliche Bucket List«. Er zieht einen Zettel aus seinem Jackett.

»Kuchen? Du brauchst mich zum Backen? Sorry, ich habe zwei linke Pfötchen. Essen gelingt mir unfallfreier«.

Er lässt mich auf den Boden hinunter und setzt sich zu mir.

»Ich erkläre es Dir. Es handelt sich um eine Liste mit all den Dingen, die ich in der kommenden Zeit machen möchte. Die Reihenfolge spiegelt keine Wertigkeit, es sind alles Herzenswünsche. Hinter jedem Punkt mache ich einen Haken«.

»Du willst was abarbeiten?«.

Kuddel lacht.

»Wenn Du es so sehen willst. Ich würde es mit mehr Gefühl ausdrücken«.

»Du und Gefühl. Wie würdest Du es nennen?«.

»›Wunsch-Erfüller-Sinn-Stifter-Abkommen‹. Stift und Papier waren zeitlebens meine treuesten Begleiter. Habe ich meine Bucket List erfüllt, werde ich sie mit meinen ›alten Freunden‹ in meinen besonderen Tresor legen«.

Sollte sein Ziel gewesen sein, die Neugier in mir freizusetzen, bekommt er den ersten Haken.

»Kann ich Dir bei einigen Dingen helfen?«.

»Du musst. Aufgeregt war ich, als ich vorhin auf Euch gewartet habe. Ich möchte Deine Meinung hören«.

»Leg los«.

Dachte ich eben noch, dass er spontan wie ein Wasserfall seine Notizen vorliest, beobachte ich ihn, wie er uns hier einen Ort schafft, der eine Bucket List überflüssig macht und keine Wünsche offenlässt.

Große Kuschelkissen liegen auf dem Rasen, Hundenaschereien, wohin ich sehe mit einem großen Wassernapf. Rundherum Fackeln, die er nacheinander entzündet.

Eine weiche Decke legt er so über uns, dass wir eng beieinander sind.

Rechtzeitig ein Platzen verhindernd erfahre ich die einzelnen Punkte, nachdem wir die Absprache getroffen haben, dass Kuddel mir von sich aus seine Wünsche erklärt, ohne dass ich ihn unterbreche.

Lebensfeuer

»Meine Tagebücher sind mein größter Schatz. Hätte ich nicht das Sprechen über Gefühle gelernt, würde ich bis zu meinem letzten Tag weiterschreiben. Ihr habt mir ermöglicht, mich mitzuteilen, heilsam und befreiend. Meine Bücher tragen meine Geschichte, nicht mein Leben. Ich möchte ein Lagerfeuer machen. Erinnerst Du Dich an unseren Ausflug an die Elbe? Dorthin zurück führt mich mein Wunsch, mit Eddy und Dir, einer Gitarre, meinen Aufzeichnungen und der Absicht, am Lagerfeuer zu singen und die Liebe zu spüren«.

Jetzt muss ich ihn unterbrechen.

»Das kannst Du jeden Tag haben«.

»Du verstehst mich nicht. Meine Tagebücher kann ich ein einziges Mal verbrennen«.

»Du willst was?«.

»Auslöschen, was mich erinnert an die Zeiten, in denen ich keine echten Freunde hatte. Bist Du bei mir?«.

Was für eine Frage.

Als würde ich ihn bei einer weitreichenden Entscheidung im Stich lassen.

»Lass sie uns in Flammen aufgehen sehen«.

Ich batsche ihm mit meinem ›Goldpfötchen‹ auf die Hände und freue mich über sein Lächeln.

Gedicht

»Das Größte für mich ist ein Gedicht über diese besondere Beziehung zwischen uns. Nicht so eins, bei dem sich das letzte Wort auf das letzte im Folgesatz reimt. Manche wirken überladen, platt und nichtssagend. Ich wünsche mir einen Text, der unsere Seelen berührt. Der Wunsch entstand, als wir die Flaschenpost initiierten. Ich bin überzeugt, dass wir ähnliche Gefühle in uns tragen. Ich brauche das für mich. Es wartet eine lange Behandlung auf mich. Kraft würde mir geben, unser Werk bei mir zu tragen und es zu betrachten, wenn ich es dringend brauche«.

Warum bringt er mich stets so schnell zum Weinen?

»Dieser Wunsch bedeutet mir unsagbar viel. Ich möchte es wie Du bei mir tragen, Kuddel«.

Er streichelt mich und eine längere Redepause schließt sich an.

»Wollen wir nach den anderen schauen?«, frage ich, weil ich denke, dass seine Liste durchgearbeitet ist.

»Gäbe es nur zwei Wünsche, wäre ich nicht dieser komplizierte Kopf, den Du ab und zu in mir siehst«.

Höhenangst

»Ich erinnere Deine Ängste im Freizeitpark - parallel dazu, dass ich von Euch aufgefordert wurde zu vertrauen. Ich möchte Eddy und Dich auf einen Waldspaziergang begleiten, bei dem wir uns einen Kletterbaum aussuchen«.

»Hey, Kuddel, wir sind keine Katzen. Ich kraxle nicht einen Stamm hoch«.

»Wo denkst Du hin? Das übernehme ich mit Euch auf dem Arm. Ihr überwindet die Angst vor Höhe und liefert Euch aus. Beweist mir, dass Ihr mir blind vertraut«.

Eddy, rette mich, flehe ich still.

Ich versuche zu verdeutlichen, dass nicht jeder Punkt erfüllt werden muss, um eine Bucket List erfolgreich abzuarbeiten.

»Gibt es Alternativ-Punkte als Ersatz für das Baumkrabbeln?«.

»Keine Chance. Entweder alle Wünsche oder keinen«.

Angesichts seiner bevorstehenden Chemotherapie hat er seinen Wunschzettel verdient.

»Ich versuche es. Mehr kann ich nicht versprechen. Gibt es noch einen Punkt?«.

Song

»Kennst Du den Song einer bekannten deutschen Popsängerin?«.

Ohne weitere Erklärungen abzuwarten, platze ich dazwischen.

»Ja, Kuddel. DIESER Song von DIESER Sängerin«.

Er prustet los. »Ich war noch nicht fertig und weiß, was für eine breite Palette die Musik bietet. Wenn wir mit dem Schiff auf das

Festland zusteuerten, faszinierten mich diese Leuchttürme. Ihr Licht machte sentimental. Es kam vor, dass ich es über eine Stunde nicht schaffte, meinen Blick abzuwenden. Es ist mein sehnlichster Wunsch, einen dieser Türme mit Euch zu besichtigen und von ihm aus in die Ferne zu blicken. Auf der anderen Seite sein, das wünschte ich mir über viele Jahre«.

»Du kannst Jenny heiraten. Im Fernsehen war die Rede von Ja-Wort auf einem Leuchtturm an der Nordsee«.

Warum wirkt Kuddel schlagartig aus einem Traum gerissen?

»Was habe ich jetzt verbockt?«.

»Nichts, Mo. Ich möchte nicht heiraten«.

»Reicht Deine Liebe nicht?«.

»Ich weiß, was Du hören willst und es tut mir weh, Dir das nicht sagen zu können. Liebe ist ein großes Wort. Ich wünsche mir sie den Rest meines Lebens an meiner Seite zu behalten. Sie tut mir verdammt gut und ich fühle mich geborgen bei ihr. Dieses Gefühl hatte ich bei keiner anderen Frau. Längst habe ich JA gesagt zu einem Familienleben, zur Änderung meiner Lebensgewohnheiten und nicht zuletzt zu ihr«.

»Schöner hättest Du diese Liebeserklärung nicht formulieren können. Ich habe einen Wunsch, Kuddel. Auf dem Leuchtturm sagst Du das noch einmal unverändert zu ihr und Ihr tauscht Ringe aus Unterlegscheiben, schließlich warst Du verkorkster Maschinist«.

Was macht er da?

Mit einem Stift kritzelt er einen Unterpunkt auf.

»Was steht da?«.

»WeFreu-meLie-Versprechen geben«.

»Wer ist das?«.

»Nicht wer. Es steht für ›weniger Freundschaft - mehr Liebe‹«.

»Du bist und bleibst verrückt«.

»Angenehmer als entrückt«.

Hildchen

Bei diesem Punkt zerreißt es mich schier. Kuddel plant ein Modellschiff in einer Flasche, das den Namen von Hildchen bekommt.

»Du kannst Deinem Hildchen einen Abschiedsbrief schreiben. Vielleicht erleichtert es Dir, Deine Trauer niederzuschreiben, was ungesagt blieb? Die Taufe zelebrieren nicht wir als Gruppe - sie gehört Dir«.

Gerührt frage ich ihn, was dieser Punkt auf seiner Liste zu suchen hat, wenn es nichts von seinen Wünschen abdeckt.

»Mein Größter ist, dass Du glücklich bist, Mo. Oft wurde ich das Gefühl nicht los, dass Du zu verdeutlichen versuchst, was sie Dir bedeutet hat. Zu keinem Zeitpunkt war das nötig. Ich habe es am ersten Tag unseres Aufeinandertreffens gespürt«.

Wer sich in seiner Gegenwart nicht geborgen und gut aufgehoben fühlt, hat noch nie in sein Herz geblickt.

Eddy

»Rückblickend tut es mir leid, dass Eddy zu kurz gekommen ist. Bei all seinen Bemühungen, mir zu helfen, klammerte ich mich an Dich. Rechtfertigen möchte ich mich nicht, doch

Eddy zeigen, dass er mir unbeschreiblich viel bedeutet. Ich möchte einen Tag für ihn gestalten und bin auf Deine Hilfe angewiesen. Wie kann ich ihm was zurückgeben, Mo?«.

»Er hat dieses übermäßig Selbstlose, Kuddel. Erwarten tut er nichts. Ihr teilt diesen komischen Humor. Verbringt gemeinsam ohne Begleitung viel Zeit. Ich will nicht wissen, wie Ihr Euch benehmt. Eine Bedingung knüpfe ich daran: Lacht Euch nicht tot, Ihr werdet gebraucht«.

Kuddel klatscht in die Hände.

»Der Tipp ist goldig. Hast Du ihn aus Deinem Pfötchen geschüttelt? Auf einen Lachflash lade ich meinen ›Clown-Terrier‹ ein«.

Heißluftballon

»Ich liebe ›Omama‹, das weißt Du. Sie ist wie eine Ersatzmama und eine große mentale Stütze in meinem Leben. Schimpfe ruhig mit mir, es ist gerechtfertigt, wenn ich Dir erzähle, dass ich bei ihr ein Tagebuch gefunden habe«.

»Sag nicht, Du hast in ihm gelesen«.

Schuldbewusst schaut er zu Boden.

»Spinnst Du? Das ist Diebstahl von Gedankengut. Dein Okay hatten wir. Hat sie Dir ihrs gegeben?«.

Das war klar.

Da kommt er durch, der Kindskopf, der mit pauschalen Erklärungen eine Straftat verharmlost.

»Wir hätten nicht erfahren, dass ihr größter Wunsch - eine Fahrt über die ganze Stadt mit einem Heißluftballon - unerfüllt blieb. Mir fehlt das Geld für einen Trip, doch wenn wir alle zusammenlegen?«.

Mir bedeutet ›Omama‹ unsagbar viel, worauf Kuddel abzielt.

»Ich sammele und werde es ermöglichen, versprochen«.

Wir gehen die weiteren Punkte durch.

Auf bestimmte Dinge könnte ich getrost verzichten, andere haben es mir auf Anhieb angetan wie der letzte.

Sollte Kuddel seine Krankheit besiegen, möchte er mit Eddy und mir eine ›Mission‹ verfolgen.

»Heißt das, dass wir weiter Kontakt halten?«.

»Wolltest Du ihn abbrechen? Sagt Dir Broken-Heart was?«.

Brocken von was? Sein Intellektualisieren müsste unter Strafe gestellt werden.

»Gut Mo. Ich bin nicht der Typ der großen Gefühlsäußerungen. Ich brauche Dich, um mich gut zu fühlen. Wenn Du mich verlässt, dann geh sofort, jetzt und ohne zurückzusehen. Ich entsorge meine Bucket List und sage meine Chemotherapie ab«.

Enttäuscht und traurig wirkt er, als er sich erhebt und die erste Fackel ausbläst.

Schnellstmöglich springe ich auf.

»Kannst Du mir sagen, warum in Dir stets ein Film abgeht?«.

»Ich habe mich verliebt in Dich«.

»Du weißt nicht, was Liebe ist. Deine Worte«.

Mit den eigenen Waffen geschlagen gibt er mir zu verstehen, dass diese intensiven Gefühle mehr und mehr hervortreten, auch die für Jenny.

»Ich bin gerettet und darf leben«.

»Halte daran fest, Kuddel. Ich habe Dich lieb. Vielleicht kann ich Dir nicht die Gefühle schenken, die ich für Eddy und meine ›Mamas‹ habe, für eine von ihnen in einer Form, an die nichts heranreicht. Rein ›herztechnisch‹ bin ich vergeben. Jenny sollte Dir wichtiger sein als alle anderen. Wenn nicht, wird es kommen. Hilft es Dir zu wissen, dass ich Dich hier drinnen habe, wie in einem Tresor?«.

Ich tippe auf mein Herz und muss einen verliebten Blick nicht simulieren.

Über die Monate ist er zu einem wichtigen Teil meines Lebens geworden.

»Können wir heute einen Punkt Deiner Bucket List angehen?«.

Prompt ist die vierte Fackel erneut am Flackern, während Kuddel und ich unser gemeinsames Gedicht schreiben.

MM
Merci Mo

Zu Beginn hieltest Du mir vor, dass ich in für Dich unpassenden Momenten lachte, weil Du nicht erkennen konntest, dass es die einzige Möglichkeit war, meine Tränen vor Dir zu verstecken.

Ich übersah Deine zahlreichen Bemühungen, mit einer Pfote zu mir durchzudringen.

Bewegend war die zurückliegende Zeit, in der wir gemeinsam nach einem Weg suchten, auf dem wir uns auf Augenhöhe begegnen würden.

Ich begriff, dass Du mir überlegen warst in allem, was Du sahst, fühltest und in Angriff nahmst.

Der Moment, in dem meine Kleinheit schmerzte.

Dass Dir nicht daran gelegen war, mich vorzuführen, war eine neue Erfahrung.

Dir ging es darum, mein Leben zu entdecken, von dessen Existenz ich mich überzeugen lassen musste.

Hochachtung, - das trifft mein Gefühl für Dich.

War ich es, für den Liebe ein Fremdwort war?

Mut zum Träumen und zum Weitergehen, dafür danke ich Dir.

Deine Pfote will ich halten.

Wer weiß, vielleicht kommt der Tag, an dem ich Dir einen Teil zurückgeben kann von dem, was Du in meinem Leben bewirkst.

Dein Kuddel

Besiegt
Für K.

Du willst ein Gedicht ohne Reime?

Das Chaos in nahezu perfekt.

Für mich gleicht es einem Text.

Liebeserklärungen werde ich Dir keine machen und dennoch bin ich gefühlsmäßig nah an Dir dran.

Dir helfen zu wollen wurde manche Male abgelöst von dem Gedanken, dass Du nicht mehr zu retten bist. Schwer war es zu begreifen, dass Du nicht am Leben warst, obwohl ich Dich lachen hörte und laufen sah.

Ein Lachen ist nicht gleich ein Lachen, ein Laufen nicht immer ein Fortbewegen.

Ich wünsche Dir Lichtmomente, die Dunkles auslöschen und dass das Meer die Bedeutung für Dich erlangt, die es für viele andere hat.

Deine Flucht vorm Leben tat verdammt weh.

Nicht Du hättest sie antreten müssen, gab es doch viele andere, die Dir die Chance auf Glück und Liebe nahmen.

Kuddel?

WIR HABEN GESIEGT!

Nimm den Schatz der Erfahrungen.

Wer viel gelitten hat, erlangt die besondere Gabe, tiefer zu blicken, intensiver zu sehen und Zwischentöne zu verstehen.

Ich werde Dein Freund bleiben. Nie mehr musst Du zum Tagebuch greifen.

Solltest Du eins zur Hand nehmen müssen, sei ehrlich zu mir. Dann weiß ich, dass ich erneut alles bewegen werde, um Dich zu bewahren vorm Vergraben.

Herrje, im vorangegangenen Satz doch ein Reim.

Ich habe Dich lieb und streichele Dich mit meinem ›Goldpfötchen‹, wann immer Du es brauchst.

Oft hast Du mir den Atem geraubt, weil ich nicht glauben konnte, dass ein einzelner Mensch so viele Facetten in sich trägt. Ich verneige mich vor Deinem Kampf. Dem, den Du ausgetragen hast und dem, den Du jetzt in Angriff nimmst.

Dein Mo

Innere Leere

Beschäftige Dich intensiv mit dem, was Dir ein nahestehender Mensch erzählt auf die Frage, was ihm viel bedeutet.

Es hat mich am Anfang Überwindung gekostet, weil es kontrovers zu dem war, was mich bewegte.

Minutenlange Irritation, tageweise Überforderung und wochenlange Schockstarre haben sich gelohnt.

Auf einem anderen Weg dürfte ich heute nicht behaupten, Kuddel wahrhaftig zu kennen.

In seinen Augen führt er ein verkrachtes Leben als kaputter Typ, für mich ist er ein Mann, vor dem ich mich verneige.

Früh um die Chance betrogen, ein Leben wie jeder Gleichaltrige zu führen, hat er es unter viel schwierigeren Bedingungen zu weitaus mehr gebracht als manch anderer, dem ein Weg geebnet wurde.

Warum bin ich traurig, dass unsere ›Mission‹ endet?

Wie reagiert Eddy auf die melancholische Note, die zurückbleibt?

»Hey, Flickenteppich« unterbricht er meine Grübeleien.

»Netter Kosename. Wofür steht er?«.

»Tausende Flicken, die ich reparieren werde. Das ist meine ureigene ›Mission‹ für mein goldenes Pfötchen«.

»Eddy? Ich will zu keiner neuen Aufgabe übergehen. Wir können nicht weitermachen und ihn mit unserem Wunsch für seine Zukunft zurücklassen. Ich habe Angst, dass er dieser Krankheit erliegt«.

»Ich verstehe Dich, Mo. Er ist ein Kämpfer. Du warst es sonst, der die nächste ›Mission‹ sofort nach der Beendigung der letzten diskutieren wollte. Hilft es Dir, wenn wir uns in der nächsten Zeit mit keinem Einzelschicksal auseinandersetzen? Ich greife Deinen Vorschlag von Verbrecherjagd auf. Wir helfen der

Justiz, wenn Du es Dir wünscht - wenn nicht: Gegen ein Jahr Urlaub habe ich keine Einwände. Ich befürchte Deine Langeweile«.

Ich bin unschlüssig.

Zu tief halten mich die Emotionen im Griff.

Kuddel hat mit mir die Bucket List den anderen vorgestellt, die berührt und ergriffen waren. Niemand kann sich ein Leben ohne ihn vorstellen.

Seine Abschiedsworte trage ich tief in mir:

›Lieber Mo. Bei Dir spürte ich, dass ich Dir vom ersten Moment an nicht egal war. Du hast mich gehört, sobald ich für alle anderen still wurde‹.

Ich liebe ihn, diesen alternden Offizier, in dem ein Kind lebt.

»Wir werden sehen, Eddy, wir werden sehen...«.

DANKSAGUNG

Ich wähle diesen Weg des Danke-Sagens an die Bildautoren, die ihre Werke auf Pixabay zur Verfügung stellen, die ich fantastisch finde und mir als Foto-Laien helfen, dem Buch einen besonderen Schliff zu geben.
Eine tolle Arbeit, die Ihr macht.
Ein herzliches Wuff-Wuff von Eddy und Mo.

Foto von Stefan Keller auf Pixabay
https://pixabay.com/de/photos/fantasy-surreal-traum-hund-2890925/

Cover (vorn):
Youssef Jheir
https://pixabay.com/de/photos/sonnenuntergang-schiff-segel-boot-675847/
Cover (vorn):
Pexels
https://pixabay.com/de/photos/erwachsene-tagebuch-notizbuch-1850177/
Cover (vorn):
Gerd Altmann
https://pixabay.com/de/photos/allein-alleinsein-archetyp-513525/
Cover (vorn):
Cindy Lever
https://pixabay.com/de/photos/regenbogen-k%c3%bcste-sonnenuntergang-1467988/
Cover (hinten):
Alexas_Fotos
https://pixabay.com/de/photos/puppe-clown-traurig-bunt-s%c3%bc%c3%9f-5262901/

Seite 13 / Quốc Huy Dương
https://pixabay.com/de/photos/see-boot-fischer-mann-landschaft-5000642/
Seite 13 / Ulrike Leone
https://pixabay.com/de/photos/buch-notizbuch-schreiben-notizen-1945459/
Seite 18 / Лечение Наркомании
https://pixabay.com/de/photos/alkoghol-narkomaniia-2714489/
Seite 28 / Karolina Grabowska
https://pixabay.com/de/photos/tagebuch-notizbuch-hinweis-gef%c3%bchlt-791286/

Seite 34 / PublicDomainPictures

https://pixabay.com/de/photos/mann-gesicht-suchen-menschen-164217/

Seite 47 / Benjamin Balazs

https://pixabay.com/de/photos/schweben-stadt-fliegend-springen-1287234/

Seite 47 / Alexas_Fotos

https://pixabay.com/de/photos/puppe-clown-traurig-bunt-s%c3%bc%c3%9f-5262901/

Seite 58 / lisa runnels

https://pixabay.com/de/photos/m%c3%a4dchen-gehen-teddyb%c3%a4r-kind-laufen-447701/

Seite 61 / Architect and artist

https://pixabay.com/de/photos/tr%c3%a4nen-weinen-eine-tr%c3%a4ne-schmerz-4551435/

Seite 64 / Dieter_G

https://pixabay.com/de/photos/modellschiff-kreuzfahrtschiff-werft-2424340/

Seite 73 / Isabella Quintana

https://pixabay.com/de/photos/clown-all-in-one-charakter-spa%c3%9f-458620/

Seite 79 / Florian Kurz

https://pixabay.com/de/photos/autobahn-lichter-nacht-stra%c3%9fe-2025863/

Seite 79 / Stefan Keller

https://pixabay.com/de/photos/taube-h%c3%a4nde-frieden-freiheit-7049205/

Seite 94 / Šárka Jonášová

https://pixabay.com/de/photos/mann-zigarette-rauchen-abh%c3%a4ngigkeit-3665831/

Seite 97 / Pexels

https://pixabay.com/de/photos/mann-silhouette-strand-1835195/

Seite 97 / Michael Bußmann

https://pixabay.com/de/photos/putzen-wagen-reinigung-putzmittel-1706439/

Seite 109 / Goran Horvat

https://pixabay.com/de/photos/pinke-rose-leere-schaukel-3656894/

Seite 114 / Tumisu

https://pixabay.com/de/photos/husten-mann-faust-krank-virus-6929295/

Seite 119 / kalhh

https://pixabay.com/de/photos/rose-hintergrund-entschuldigung-1271216/

Seite 121 / Alexas_Fotos

https://pixabay.com/de/photos/koffer-antik-leder-alter-koffer-1897225/

Seite 121 / Gerd Altmann

https://pixabay.com/de/photos/problem-l%c3%b6sung-hilfe-support-2731501/

Seite 133 / PublicDomainPictures

https://pixabay.com/de/photos/siegel-seehund-jung-ozean-hafen-18440/

Seite 142 / kalhh

https://pixabay.com/de/photos/tresor-gold-geld-safe-start-2614778/

Seite 142 / Peter H

https://pixabay.com/de/photos/tunnel-licht-hoffnung-mystisch-3915169/

Seite 142 / S. Hermann & F. Richter

https://pixabay.com/de/photos/mann-regen-schnee-regen-allein-3915438/

Seite 152 / AD_Images

https://pixabay.com/de/photos/friedhof-grabstein-gr%c3%a4ber-3210234/

Seite 155 / Pexels

https://pixabay.com/de/photos/notizbuch-anmerkungen-stift-1840276/

Seite 159 / neufal54

https://pixabay.com/de/photos/schiff-aida-kreuzfahrtschiff-2720623/

Seite 169 / Rudy and Peter Skitterians

https://pixabay.com/de/photos/mann-einsam-park-nacht-dunkel-1394395/

Seite 173 / soumen82hazra

https://pixabay.com/de/photos/heimat-lockdown-corona-virus-5094603/

Seite 175 / Michael L. Hiraeth

https://pixabay.com/de/photos/raum-planet-person-auf-stars-3379658/

Seite 175 / 95C

https://pixabay.com/de/photos/wolke-himmel-herz-blau-liebe-2436676/

Seite 180 / jing shi

https://pixabay.com/de/photos/achterbahn-freizeitpark-526534/

Seite 185 / Heather Plew

https://pixabay.com/de/photos/fallen-m%c3%a4nnlich-b%c3%a4ume-verwischen-4352856/

Seite 195 / ThePixelman

https://pixabay.com/de/photos/hubschrauber-rettung-erste-hilfe-548421/

Seite 197 / Gerd Altmann

https://pixabay.com/de/photos/hacker-fragezeichen-hoodie-attacke-2883630/

Seite 197 / S. Hermann & F. Richter

https://pixabay.com/de/photos/tic-tac-toe-herz-spiel-kreide-1777859/

Seite 199 / Felix Lichtenfeld

https://pixabay.com/de/photos/buddha-religion-laughing-buddha-2705417/

Seite 199 / PIRO4D

https://pixabay.com/de/photos/puzzle-puzzleteile-verbindung-3486885/

Seite 215 / Pexels

https://pixabay.com/de/photos/mann-buchen-wald-person-drau%c3%9fen-1853348/

Seite 223 / JoeBreuer

https://pixabay.com/de/photos/ziege-berge-bergziege-kanada-3790690/

Seite 235 / Alexas_Fotos

https://pixabay.com/de/photos/tierschutz-hund-eingesperrt-1116206/

Seite 238 / Jylling auf Pixabay

https://pixabay.com/de/photos/schloss-charlottenburg-berlin-6601442/

Seite 260 / Gerd Altmann

https://pixabay.com/de/illustrations/augen-psychologie-angstst%c3%b6rung-730750/

Seite 263 / Susan Cipriano

https://pixabay.com/de/illustrations/paar-liebe-vorschlag-silhouette-3581038/

Seite 273 / Gerd Altmann

https://pixabay.com/de/illustrations/kleks-farbkleks-tr%c3%a4ne-traurig-93946/

Seite 280 / Pexels

https://pixabay.com/de/photos/lagerfeuer-verbrennung-dunkel-feuer-1835829/

Seite 291 / Olle August

https://pixabay.com/de/photos/barkasse-d%c3%a4mmerung-hamburg-7100126/

Seite 293 / Alexas_Fotos

https://pixabay.com/de/photos/flaschenpost-sos-flasche-642267/

Seite 293 / Maike und Björn Bröskamp

https://pixabay.com/de/photos/freundschaft-spa%c3%9f-gegenlicht-arme-2366958/

Seite 296 / Ulrike Mai

https://pixabay.com/de/photos/fu%c3%9fspuren-sand-meer-ozean-456732/

Seite 296 / Daniel Reche

https://pixabay.com/de/photos/beine-schuhe-gehen-laufen-weg-2635038/

Seite 307 / Kranich17

https://pixabay.com/de/photos/buch-seiten-lesen-bildung-roman-5178205/

Seite 307 / Zhivko Dimitrov

https://pixabay.com/de/photos/hand-frau-weiblich-mann-ber%c3%bchren-3035665/

Seite 310 / Jose Antonio Alba

https://pixabay.com/de/photos/mann-einsamkeit-baum-gelehnt-1156543/

Seite 319 / Thomas Budach

https://pixabay.com/de/photos/albtraum-angst-horror-unheimlich-1699071/

Seite 338 / Richard Park

https://pixabay.com/de/photos/bucket-liste-734593/

Seite 355 / Marko Tomic

https://pixabay.com/de/photos/boot-anker-wasser-natur-ozean-5331988/

Seite 359 / PixxlTeufel

https://pixabay.com/de/photos/entscheidung-weg-wegweiser-kreuzung-5291766/